SANGUE QUENTE

(contos com alguma raiva)

Claudia Tajes

SANGUE QUENTE

(contos com alguma raiva)

L&PM EDITORES

Texto de acordo com a nova ortografia.

Capa: criação e foto Moisés Bettim. *3D*: Erlon Silva
Revisão: Simone Diefenbach

CIP-Brasil. Catalogação na fonte
Sindicato Nacional dos Editores de Livros, RJ

T141s

Tajes, Claudia, 1963-
    Sangue quente (contos com alguma raiva) / Claudia Tajes. – 1. ed. –
Porto Alegre, RS: L&PM , 2013.
    136 p. ; 21 cm.

    ISBN 978-85-254-3034-2

    1. Conto brasileiro. I. Título.

13-04849   CDD: 869.93
                                   CDU: 821.134.3(81)-3

© Claudia Tajes, 2013

Todos os direitos desta edição reservados a L&PM Editores
Rua Comendador Coruja, 314, loja 9 – Floresta – 90.220-180
Porto Alegre – RS – Brasil / Fone: 51.3225.5777 – Fax: 51.3221.5380

Pedidos & Depto. Comercial: vendas@lpm.com.br
Fale conosco: info@lpm.com.br
www.lpm.com.br

Impresso no Brasil
Primavera de 2013

SUMÁRIO

Raiva do mundo

Cyberlove..9
A porra do imaginário..13
Vocação de atacante..17
Processo criativo..23
Diferença cultural..29
A sunga branca e outros desejos.................................35
Aconteceu comigo...41
Flor roxa..45
Escola da vida..57
Versos pobres..63
Tendências para a cama..71
Agradeça por mim...77

Raiva específica: TPM

Diário em vermelho..87
Tão fácil ser idiota...91
Professor Doutor...95
Marido...103
Engano..105

Hormônio do demônio 109
Triste que dói 117
Esposa 121
Hormônio do demônio II 125
Sem amor em tempos de cólera 133

RAIVA DO MUNDO

Se há algo que eu odeio mais do que não ser levado a sério é ser levado a sério demais.

Billy Wilder

CYBERLOVE

Costumava dizer que seu pai era rigoroso demais para permitir que ela, a mãe, ou Ruth, a irmã caçula, manifestassem qualquer tipo de sentimento dito feminino. O velho, criado apenas por um tio no interior do interior de algum remoto interior do Rio Grande do Sul, tinha suas próprias ideias sobre o comportamento apropriado para as mulheres da família. Vaidade, romantismo, ciúme, ingenuidade, inveja, tudo o que a literatura para moças descreveu foi vetado em sua casa com pouca conversa e muita energia. Os próprios livros para moças foram vetados. Choradeiras, maledicências, picuinhas, consumismo, só bem mais tarde, em contato com outras mulheres, ela soube o que significavam tais coisas. Se a mãe chegou ao casamento com alguma frescura, por certo perdeu logo na primeira noite.

Pobre mãe.

Ela e a irmã cresceram como meninos, sempre de calção e camiseta, até que a adolescência lhes permitiu uma indumentária mais feminina, embora várias modas atrasada. O velho só admitia compras em brechós, pagando uma pechincha por pantalonas, quando a moda era calça justa, ou minissaias, enquanto as outras mulheres arrastavam longas saias. A irmã, mais bonita, noivou com o primeiro pretendente que bateu à porta. Antes que o pai pudesse reagir, estava morando com o rapaz, à espera de um casamento que não veio. Em uma tarde de junho, sem deixar nem um post-it, Ruth desapareceu para nunca mais. O pai considerou a filha mais moça morta, e talvez estivesse mesmo. Um AVC sofrido pela mãe levou junto as lembranças que sobravam da irmã.

Restaram ela e o pai.

Professora, namorou o auxiliar administrativo da secretaria para deixar de ser virgem. Teve grandes amores, todos unilaterais. Ficou sozinha quando o velho quis voltar ao interior para aguardar a hora dele, que ainda não chegou. Assim que se viu dona da casa, não pensou em convidar um homem ou fazer uma festa. Apenas se deu o direito de ficar horas ao telefone com amigas tão solitárias quanto ela, de comer chocolate até a intoxicação, de chorar por nada e de chutar o cachorro, já cego, que o pai amava muito mais do que a família.

Nunca se sentiu tão feminina.

Em um domingo de tédio, entrou pela primeira vez em um chat de relacionamento. Às onze da noite, segundo matéria de comportamento de um jornal local, horário em que as salas de bate-papo se enchiam de homens. Ou de seres se dizendo homens. Estabeleceu algumas regras para iniciar uma conversação. Para começar, não aceitaria abordagens chulas do tipo "quer teclar, gostosa?". Também não toleraria erros de português, tinha pavor de erros de português. Aos vinte e poucos anos, recusou um rapaz de intenções sérias e boa situação financeira porque, no primeiro bilhete que lhe endereçou, ele escreveu *siúme*.

Foi de sala em sala procurando a com o maior número de nicknames masculinos. Após longa espera por um lugar, digitou o nome pensado há meses, PROFESSORA SAFADA, em caixa-alta. E deu o enter.

Não demorou para um homem puxar assunto. O nick dele: CALÇADÃO DE IPANEMA, e logo no primeiro contato ficou claro que o Calçadão em questão não homenageava a famosa atração turística do Rio de Janeiro.

"E aí, *cherosa, qué* conhecer um bem-dotado de verdade?"

Ele escreveu *cherosa* sem o I, ela notou, ainda que com CH. E *qué* sem o R, com um inconveniente acento agudo no final. A primeira frase já deixou evidente o tipo de gente que ele era, alguém capaz apenas de uma conversa sem classe e vulgar. CALÇADÃO ainda incluiu no texto uma carinha passando a língua de um lado a outro da boca. Um emoticon, ela observou. E repetiu a pergunta.

"*Cherosa*? *Qué* conhecer um bem-dotado *lejítimo*?"

Legítimo ele escreveu com J. Ela demorou alguns segundos para digitar, com G. E o fez com letras maiúsculas.

QUERO.

Não fossem tantos sentimentos sufocados, ela tinha certeza, tudo seria diferente.

A PORRA DO IMAGINÁRIO

A culpa é dos Grant, Cary, o primeiro, e, mais tarde, ele, o grande filho da mãe, Hugh. Talvez parentes em algum grau, os dois bastardos. Nunca um cabelo fora do lugar, as roupas sempre sob medida, até as camisetas sob medida, no caso do Hugh. E o ar desinteressado que, se você fizer na vida real, vai lhe valer uma imediata fama de veado.

Foi uma visita à locadora, em mais uma madrugada tediosa, que me ajudou a entender. Em inúmeras capas, impecável em todas as fotos, Cary Grant pegava ora uma loira, ora outra. *Ladrão de casaca*, por exemplo. Lá estava ele, o safado elegante, botando a mão na beldade Grace Kelly. Usando a loira, não no sentido que eu usaria, e sim se aproveitando da ingenuidade blonde dela. Nos filmes, pegou a Marilyn Monroe, a Audrey Hepburn, a Ingrid Bergman e quem mais quis. Na vida, parece que chegou a morar com um cara antes que os grandes estúdios separassem o casal para preservar a imagem do galã perfeito.

As fãs assimilaram direitinho o modelo de homem que o Cary vendia e transmitiram a ideia para as suas filhas, que a passaram para as suas filhas, que depois ainda caíram de quatro pelo corno do Hugh Grant. E o estrago estava feito.

Nessa madrugada entendi o porquê de todos os nãos que tenho levado ao longo da vida. Foram muitos, de quem teve importância para mim e de desconhecidas, de moças com quem eu casaria e de outras que sequer cumprimentaria depois que a bebedeira passasse, de bonitas e de apenas razoáveis – sem esquecer de uma muito feia que preferiu ficar com outra menina a vir para a minha casa, de abonadas e de coitadas, de inteligentes e de estúpidas, de maduras e de colegiais. Cary, e depois Hugh, fizeram com que as mulheres acreditassem que homens como eles existem de verdade. Que algum, em seu perfeito juízo, trocaria uma cerveja por um chá, um sofá por um divã, a TV pelo balé, um cachorro por um hamster, uma gargalhada por uma lágrima sentida. Para falar a verdade, foi com alívio que creditei minha solidão ao estrago que os dois filhos da puta fizeram à imagem masculina. A culpa dos meus fracassos não era só minha, enfim.

A partir dessa descoberta tenho me dedicado a provar que há salvação para sujeitos que não acordam de barba feita e que, pela vontade deles, sequer farão a barba por vários dias. Sujeitos de hábitos simples como chegar em casa e abrir uma cerveja, ou abrir a cerveja pelo caminho, antes de chegar em casa. Sujeitos que não levam os copos sujos para a pia, que não penduram a cueca na área de serviço, que deixam a tampa do vaso levantada, quando não mijada, que perdem um pé de meia dentro do quarto por semana.

Não que venha obtendo sucesso. O mal que os Grant causaram é resistente. Pergunte a qualquer mulher o que ela não perdoa em um homem. A resposta não será "traição", mas sim "toalha molhada em cima da cama". O certo é que eu não vou mudar nada em mim para ter uma companhia. Pago, se for o caso. De quinze em quinze dias, quando sai o meu salário. A frequência das relações sexuais dos brasileiros não é muito maior do que isso, duas a três vezes por semana. Sendo que isso é média, alguns devem fazer de dois a três meses. E olhe lá.

A estatística aponta 96 homens para cada 100 mulheres no Brasil. Nada bom, mas é ainda pior. Quantos desses 96 são gays? Crianças? Ou padres, embora padre até pegue mulher, a pequena porcentagem deles que não prefere outros homens? Pois mesmo com a falta de material disponível, elas seguem desprezando os caras de verdade, os barrigudos com pelos nas costas e nas orelhas. E, assim, ficam cada vez mais sozinhas.

Para ser sincero, eu arriscaria alguns pequenos ajustes, digamos, mas por uma única e específica pessoa. Tenho pensado muito nisso. Não que eu pretenda mudar a minha essência por causa de alguém. Trata-se apenas de algumas concessões. Quando a buscasse para sair, não me apresentaria com as camisetas de propaganda que uso inclusive aos sábados de noite, *Vote Dilma*, *Seu cão merece Pedigree Champ*, *Loja Tabajara: é Mara*. Uma camiseta polo seria mais apropriada. Mas sem um brasão bordado no bolso, eu não chegaria tão longe.

Não compraria flores, não penduraria quadros, não instalaria cortinas, mas recolheria as embalagens de Doritos espalhadas pela sala. Talvez chutasse algumas roupas para baixo do sofá, mas só depois de a campainha da porta tocar. Sou contra tomar providências até que elas sejam absolutamente indispensáveis.

Continuaria vendo filmes madrugada a dentro, porque foi assim que fiz minhas descobertas sociológicas sobre a influência dos Grant no imaginário feminino.

E no meu próprio.

A verdade é que não consigo parar de pensar no Cary. Vejo e revejo os filmes dele sem cansar. Não quero ser o Cary Grant, quero O Cary Grant. Não tem a ver com veadagem, mas com essa bosta de modelo que as mães transmitem às filhas. Um que outro filho assimila também. No meu caso, assimilei.

Minha sorte é que ele já morreu. E aquele outro, o Hugh, esse não me desperta nada. Só raiva. Se um dia encontrar o Hugh Grant por aí, cago o desgraçado a pau. E duvido o cabelo dele não sair do lugar.

Duvido mesmo.

VOCAÇÃO DE ATACANTE

Um brasileiro não é considerado um homem se não gostar de futebol, e vice-versa. E pode sofrer sanções bastante graves por parte de seus pares se declarar a quem quiser ouvir que está se lixando para a Seleção Brasileira. Porque a coisa funciona assim: até a Seleção entrar em campo, todo mundo fala mal dela e discursa que é um absurdo um país com tantos problemas na saúde, na educação etc. etc. gastar uma dinheirama com um time que, no fim das contas, não traz alegrias para o povo há um bom tempo. Mas isso só até a Seleção entrar em campo. Nos noventa minutos do jogo, e nos trinta a mais da prorrogação, e também nos pênaltis, se houver, este será um país de quase duzentos milhões de ferrenhos torcedores da camisa verde e amarela.

Duzentos milhões menos eu.

Eu realmente não gosto de futebol. De pequeno, torcia para o time que ganhasse pelo simples prazer de ficar feliz, o que me valeu pelo menos duas surras memoráveis do pai fanático. Ficar feliz com a vitória do execrado time rival devia ser, na escala de princípios do meu pai, mais grave do que roubar ou usar drogas. Eu envergonhei o velho quando comemorei as duas vitórias do inimigo sobre o time dele na frente de casa, expondo-o ao deboche dos vizinhos que, por muitos anos, falariam naquilo como a tirar e tirar e tirar a casca de uma ferida para que voltasse a sangrar.

Um sujeito que não dá a mínima para o futebol é considerado desde sempre um estranho. Daí a ser chamado de veado é um passo. Ou um passe, para manter o tema. Com esse cartão de visitas, eu não podia me gabar de popularidade entre as meninas. Na adolescência, porém, a coisa começou a melhorar. Enquanto os garotos se matavam no campinho da escola, eu passava os recreios e os períodos da educação física ao lado de Lúcia, Kátia, Paula, Letícia, Cíntia, Martha, Annete, Marina, Patrícia, Mariana, Adriana, Larissa, Gabi, Ângela, Juliana, Luíza, Lea, Cecília, Luciane, Vívian, Vera, Gisele, Lidiane, Michelle, Amanda, Laura, Nanni, Alice, Cássia, Clara, Sofia, Antônia, Amélia, Val, Isadora, Natália, Bibiana, Tatiana, Marianne, Cláudia, Isabel, Teresa, Rosaura, Rebeca, Larice, Daniela, Camila, Ana, Júlia, Dora, Bárbara, Juliana, Andréa, Carol, Sarita, Margareth, Marla, Milene, Manuela, Nádia, Tânia, Fernanda, Isabela, precisaria de uma memória com mais gigabytes do que a minha para lembrar de todas as garotas com quem conversei sobre novelas e vestidos enquanto meus colegas gastavam sua testosterona na busca de um gol.

Apesar da imensa quantidade de torcedoras que, aos poucos, invadiu o futebol, as que repudiam a bola continuam em maioria. Não foi difícil ser percebido por estas como uma rara e valorizada espécie de homem que, de bom grado, trocaria a final de um campeonato por um filme de arte.

E eu trocava mesmo.

Não premeditei nada. Mas ao me dar conta de que, pelo futebol, os homens abandonavam suas namoradas, noivas, esposas e amantes por uma tarde inteira, ou por boa parte da noite, tive a ideia de aliviar o tédio delas com a minha companhia. Por companhia entendam-se todas as possibilidades de relacionamento entre um homem e as mulheres, de passeios no shopping até aquelas que um cavalheiro jamais deve revelar. A menos que seja pressionado.

Desde a minha adolescência já se passaram incontáveis campeonatos estaduais, inúmeros Brasileirões e Copas do Brasil, várias Libertadores da América, diversas Copas do Mundo. A TV a cabo abriu novos horários para a minha atuação ao transmitir a Champions League e mais uma série de campeonatos espanhóis, italianos, ingleses, alemães, até mesmo turcos e gregos. Como disse Millôr Fernandes, quando a classe média inventou a poltrona, terminou a aventura humana. O que dizer, então, da invenção do controle remoto?

Tantos anos depois, o Rio de Janeiro parado para assistir à final de Brasil e Espanha pela Copa das Confederações, evento que testa o país-sede da próxima Copa do Mundo para comprovar que está tudo errado e atrasado, estou em uma livraria que só se manteve aberta durante o jogo pelo despotismo do seu dono, que, a essa altura, deve estar em algum camarote do Maracanã. Os funcionários, desatentos, se amontoam atrás do caixa para espiar a partida no celular de um deles. Nem o segurança, sempre alinhado em seu terno preto junto à porta, permaneceu no posto. O restaurante está às moscas. Os clientes não passam de cinco ou seis, espalhados pelos dois andares.

Espalhadas, melhor dizendo.

Não gosto de futebol, nem torço pela Seleção Brasileira. E imagino que as cinco ou seis moças que folheiam distraidamente seus livros também não. É preciso escolher uma, e eu escolho. Um sujeito que não se pretende previsível jamais se interessaria pela loira de cabelos chanel. Preferir uma loira é o traço que mais denuncia a nossa colonização. A ruivinha pintada, com a raiz escura abrindo caminho entre os fios vermelhos, seria uma boa opção, não fossem os óculos. Nada contra, a não ser a obviedade deles em uma livraria. As outras duas, estrangeiras de algum lugar de língua indecifrável, são insignificantes para mim. Então uma negra alta de cabelos quase raspados, que a minha mãe definiria como falsa magra, mas que eu classifico de gostosa mesmo, olha por acaso na minha direção enquanto pega um livro da prateleira.

Detesto qualquer jogo. Mas, na vida, minha posição é a de atacante.

– Já sei. Você não gosta de futebol.
– Por quê?
– Livraria na hora da final?
– Eu precisava de um livro.
– Qual é seu time?
– Brasil ou Espanha?
– Não. Time. Clube.
– Botafogo.
– Não vai perguntar o meu?
– Qual é seu time?

— Não tenho.
— Não tem time?
— Eu não gosto de futebol.
— Nunca vi homem não gostar de futebol.
— Eis aqui a prova viva. Ao seu dispor... como é seu nome?
— Nora.
— Ao seu dispor, Nora.
— Ao meu dispor?
— Para tomar café.
— Não gosto de café.
— Cerveja?
— Não gosto de cerveja.
— Ar?
— Disso eu até gostaria. Mas melhor não.
— Tomar ar não engorda.
— Mas é perigoso.
— Overdose?
— Assalto.
— Até os assaltantes estão assistindo ao jogo.
— O Rio é perigoso.
— Isso foi antes. Agora tem polícia por tudo.
— Sei.
— A cidade anda bem mais tranquila.
— Quem disse?
— Todo mundo sabe. Até parece que você não mora aqui.
— Não moro mesmo.
— Mora onde?
— Barcelona.

— Vai dizer que é espanhola?
— Casada com um.
— Casada com um espanhol?
— Não ofende o cara. Catalão.
— Saquei. O catalão está vendo o jogo sentado no Maracanã.
— Mais que isso.
— Ele está vendo o jogo ajoelhado no Maracanã?
— Está jogando.
— O catalão é jogador?
— Da Espanha.
— E você não foi ver o seu marido jogar?
— Eu não gosto de futebol. E não torço pela Seleção Espanhola.
— Vamos tomar esse ar.

Enquanto eu descia com ela para a praia caminhando do lado de fora da calçada, como o cavalheiro que sou, gritos e fogos vindos de todos os lados e de todos os prédios ecoaram na solidão da rua. Estávamos sentados na areia e Nora ainda insistia nas notícias sobre ladrões e quadrilhas e facções criminosas que volta e meia eram assunto nos telejornais da Espanha.

— Comigo você não precisa ter medo.
— Você sabe enfrentar os bandidos, por acaso?
— Não. Mas sei correr mais que eles. E com você no colo.

Ela parou de falar e me beijou. Depois, por muito tempo, eu não ouvi nada. E só mais tarde, quando a deixei no hotel, soube que o Brasil havia vencido a Espanha.

PROCESSO CRIATIVO

— Pode entrar. Você é...
— Maria. Muito prazer. E obrigada por me receber.
— Imagine, você foi recomendada por um grande amigo meu. Como está o Chaves?
— Chaves?
— Você não veio recomendada pelo Chaves?
— Não, eu sou vizinha do Garibaldi. Não o herói, claro, um que tem a loja de ferragens perto do hipermercado, não sei se o senhor já foi lá...
— Não que eu lembre. Mas, se esse Garibaldi falou comigo, então deve estar tudo certo.
— Na verdade, na verdade, não foi o Garibaldi. Um rapaz que trabalha na ferragem é amigo de alguém que já prestou algum serviço para o senhor. Se não me engano, instalou umas persianas pantográficas. Ele sabia o seu endereço.
— Mas o porteiro me disse...
— Que eu era uma moça recomendada pelo seu amigo. De certa forma, não há neste país quem não seja seu amigo.
O que eu posso fazer por você, Maria?

— Seu Reubein, eu sou sua fã. Eu sei, não há neste país quem não seja. Sério, eu era pequena e já via os seus livros na estante lá de casa. Desde que aprendi a ler, eu ficava fascinada com o seu nome nas lombadas dos livros. E eu nem sabia ainda que aquilo se chamava lombada.

— Mas você veio com qual objetivo? Se a sua intenção é a de me entrevistar...

— De jeito nenhum, seu Reubein. Eu sei que o senhor não recebe nenhum jornalista há mais de 30 anos. O que eu queria era apenas ficar perto do senhor. Não falo em trocar ideias porque o senhor sairia perdendo, claro. Eu gostaria apenas de estar presente, ver o que o senhor almoça, ouvir os seus telefonemas, acompanhar a hora em que os seus filhos chegam para uma visita. Eu gostaria de sentir a sua respiração, o senhor entende?

— Você entrou aqui em casa com qual pretexto? O Chaves me falou alguma coisa sobre um trabalho para a faculdade.

— Não foi o Chaves, foi alguém que conhecia um funcionário da ferragem do Garibaldi.

— Aconteceu algum equívoco, eu não receberia uma pessoa para me ouvir respirar. De qualquer maneira, tivemos o nosso encontro. Eu levo você até a porta.

— Seu Reubein, agora que eu vi. Todos os livros na estante são seus. Todos os títulos. Com tradução para várias línguas. Aquilo ali é chinês?

— Mandarim.

— O senhor já foi traduzido para o mandarim. É impressionante. E o senhor se comporta como se fosse a coisa mais natural de todas. É impressionante também.

– Me dê licença.
– O senhor precisa de ajuda?
– Eu vou autografar um livro para você.
– Seu Reubein, eu não quero ir.
– Você está aqui há quase uma hora, menina. Hora em que eu poderia escrever ou até cochilar um pouco, como às vezes faço antes do almoço. Mas essa hora se perdeu. Na sua idade, isso não importa. Na minha, hora alguma deve passar sem um objetivo. Sem uma descoberta.
– Se o senhor me contasse da sua vida...
– Eu já conheço a minha vida.
– Eu posso lhe contar a minha, se o senhor quiser.
– Quem sabe em uma próxima. E agora...
– Seu Reubein?
– Sim?
– Eu não vou embora.
– Não sei se entendi.
– Eu não vou embora. Quando entrei na sua casa, eu entendi que o meu lugar no mundo é aqui.
– Eu vou chamar a polícia, Maria.
– O senhor não tome isso como uma ameaça, mas o meu tio é delegado. E eu vou dizer que o senhor tentou me seduzir. Porque não faz sentido um escritor de mais de 80 anos estar em casa com uma menina de 21 que ele nunca viu antes.
– Não esqueça que você contou para o Garibaldi que vinha aqui.
– Amigo do funcionário do Garibaldi. E eu não contei para ninguém que vinha aqui.

– Às vezes os leitores perguntam de onde surgem as ideias. E como os autores conseguem imaginar coisas tão improváveis. Eu nunca me canso de responder: não é imaginação.

– Era isso que eu queria.

– Perdão?

– Que o senhor conversasse comigo. Que me contasse o seu processo criativo. Sabe, eu faço uma oficina de literatura, eu quero ser uma escritora tão boa quanto o senhor. E o meu professor vive dizendo que o mais importante é o processo criativo. O senhor concorda?

– Desculpe, eu nunca fiz uma oficina de literatura.

– Mas isso que o senhor falou sobre não ser imaginação...

– Você poderia me alcançar aquele livro de cima da mesa?

– Qual deles?

– O maior de todos.

– Esse?

– Toda a minha obra compilada. Ganhei ao completar 25 anos na editora.

– É maior que a bíblia.

– A bíblia são dois livros. Eu tenho mais de 40.

– Todos aqui?

– Faltam seis.

– Seu Reubein, o senhor me daria essa bíblia? Desculpe chamar assim.

– É seu.

(O livro arremessado com inesperada força para um senhor de mais de 80 anos contra a cabeça macia da garota. Ela caída no chão. O livro ao lado, a capa molhada de sangue.)

– Meu tio. Ele é delegado.

– Teresa, a minha assistente, limpa tudo quando chegar. Você não é a primeira que não quer ir embora daqui.

– Se o senhor chamar uma ambulância, eu não conto nada para ninguém.

(Levanta da poltrona com alguma dificuldade.)

– Vai chamar a ambulância?

– Vou escrever.

– Sobre mim?

– De certa forma.

– Um romance?

– A pretensão dos jovens...

– Um conto?

– Miniconto. E eu estava errado.

– ...

– Não foi uma hora perdida.

(Som das teclas do computador. Som do sangue saindo da ferida. Fim.)

DIFERENÇA CULTURAL

Filha única de uma senhora já viúva dedicada à caridade, por muito tempo eu acreditei que, independente de suas origens ou condições, todas as pessoas fossem iguais. Então conheci Amauri Júnior, não o apresentador de programas de subcelebridades na TV, mas o herdeiro universal do velho Amauri, dono de uma lanchonete na estação rodoviária, a RodoXis.

Amauri Júnior, que aqui chamarei apenas de Amauri para evitar confusões com seu homônimo subfamoso, entrou no segundo semestre no colégio em que eu estudava, transferido de outra escola para se afastar das más companhias. Nosso colégio, realmente, parecia à prova de más companhias, com todos os alunos estudando juntos desde o primário e os pais se encontrando para almoços e jantares festivos a cada mês. Estranho a essa grande família formada ao longo dos anos letivos, Amauri sentiu, se não a rejeição, ao menos a falta de entusiasmo na sua acolhida. Estávamos em agosto, com a vida escolar a pleno, quando a vice-diretora Regina praticamente empurrou porta a dentro o menino de seus 16 anos, aparência doentia e boné cobrindo os olhos.

– Pessoal, este é o Amauri Júnior. Conto com a colaboração de todos para integrar o nosso novo estudante ao terceiro ano do Papa Piedoso o mais rápido possível.

Papa Piedoso era o nome da nossa escola, que não seguia uma linha religiosa, bem pelo contrário. A diretora, Ondina, e sua vice, Regina, eram irmãs que, segundo boatos dos corredores, haviam fundado o colégio com o dinheiro da venda de uma famosa casa de tolerância que pertencia à mãe delas. E que as duas pareciam mais putas velhas desvirginando um garoto do que professoras transmitindo conhecimento, pareciam.

– Aposto que usa crack.

O comentário de Carine despertou minha bondade hereditária de filha da dona Ruth, a senhora mais caridosa da cidade. Naquele momento, decidi tomar para mim a tarefa de proteger e incluir o recém-chegado.

– Olha o que você disse, Carine. Coitado do menino, ele tem a cara tão boa.

– Eu só vejo o boné e o chiclé.

Na hora do recreio, quando a sala esvaziou e Amauri seguiu na sua cadeira, sentei ao lado dele e me ofereci para explicar as matérias, o funcionamento e os perigos do Papa Piedoso. Amauri se mostrou surpreso. Não esperava que uma patricinha explodindo de saúde o recebesse com tamanha simpatia. Eu conhecia o tipo, menino que se acha malvado e só precisa de um pouco de amor para virar um ursinho. Meu próprio irmão é assim. De maneira que, a partir dali, Amauri e eu nos tornamos verdadeiramente amigos. E nada mais do que isso, porque, na época, eu ficava com um cara da outra aula, o Fausto, de quem gostava mais por causa do nome, Fausto, que por qualquer outra razão. Um nome de personalidade sempre me seduziu.

Com Amauri eu conheci um mundo diferente. Gostava de música popular brasileira, mas passei a ouvir rap para forçar uma afinidade que, de outra forma, não existiria. Amauri me mostrou artistas de renome como Flávio Renegado, DJ Alpiste, Joe Sujera (sic) e outros que preferi esquecer. Com o aval da minha amizade, ele foi aceito pelos outros colegas também. Em breve frequentava nossas festas como se sempre tivesse dançado nelas. Tentei convidar seu pai, o velho Amauri, para um dos jantares dos pais da nossa turma, mas a ideia não vingou. A mãe de Fausto, que não havia escolhido esse nome para o filho à toa, foi definitiva em seu argumento.

– Não vai dar, Eugênia. É muita diferença cultural.

Aprendi a fumar cigarro e maconha com Amauri. Generoso, ele convidava todos para almoçar na RodoXis. E lá íamos nós provar os cheeseburgers com ovo nas suas várias versões, bife, salsichão, coração de galinha, sobrecoxa, calabresa e uma novidade que começava a ganhar destaque, sardinha. Imaginando que o sanduíche de peixe fosse menos gorduroso, passei a me alimentar exclusivamente dele. Triste engano. Em um mês de dieta à base de Xis Sarda (era o nome no cardápio), ganhei cinco quilos. E o desprezo da minha sogra.

– Se você me ouvisse, sequer cumprimentaria esse rapaz.

– Coitado do Amauri.

– Óbvio que alguém que se alimenta só com cheeseburger atrai problemas.

Olhe para o tamanho da sua cintura. Se é que ainda posso chamar isso de cintura.

– Você não pode julgar uma pessoa pelo que ela come.

– Não posso? Se esse rapaz só se alimenta de pão com banha, significa que não teve uma mãe presente na infância. Deve ter sido criado por empregadas, para quem pouco importava se ele ingerisse verduras ou não. Com isso, não desenvolveu nem a fraternidade que só se adquire crescendo na família, nem o gosto por refeições saudáveis. Tem as artérias entupidas de gordura trans e um vazio de afeto que tenta preencher levando os amigos para ter um infarto junto com ele.

– Eu nunca ouvi nada tão ridículo.

– Diferença cultural, Eugênia. Esse é sempre o ponto. É o tipo da coisa que não adianta ignorar.

As provas finais se aproximavam e eu tinha muitas recuperações para fazer. Ninguém entendia a queda no meu desempenho, até então exemplar. Mas eu sabia o que estava acontecendo. Sem conseguir eliminar os quilos acrescentados pelos cheeseburgers da RodoXis, àquela altura mais de dez, perdi a autoestima. Já não havia prazer em colocar uma minissaia para sair com Fausto. Aliás, Fausto não me chamava mais para sair, provavelmente aconselhado pela mãe. Depois de um final de semana tedioso ouvindo Detentos do Rap ou Faces do Subúrbio com Amauri, minha vontade de estudar era zero. Não fazia os trabalhos nem me preparava para os testes. Amauri, pelo contrário, estimulado pela minha amizade, tirava notas cada vez mais altas. Estava mais musculoso, com a postura mais firme, e fazia planos para prestar vestibular para a Academia das Agulhas Negras. Amauri, quem diria, queria ser militar.

Comecei a fumar muito, mais de duas carteiras por dia, para não engordar ainda mais. Existe essa crença de que, ao parar de fumar, a criatura engorda. E eu não estava em condições de comprovar se isso era verdade ou não. Acho que o velho Amauri colocava alguma substância viciante nos cheeseburgers, porque eu não conseguia passar um dia sem ir a RodoXis. Faltava coragem para me pesar mas, pela substância dos meus quadris, eu já devia acumular mais de quinze quilos desde que conheci Amauri.

Então todos os meus amigos foram aprovados no colégio, menos eu. E minha bondosa mãe, que ajudava a quem necessitasse, decidiu me ajudar também quando me viu ser confundida com um rapaz gordo pela irmã dela, a tia Cleide. Não culpo a tia Cleide. De bermudas enormes e caindo, camisa xadrez, boné escondendo o cabelo e tantos quilos sobrando, eu parecia mesmo um cantor de rap da periferia de São Paulo.

Amauri às vezes me escreve de Resende, onde é cadete. Vive sua espartana rotina militar com alegria e diz que fará um agradecimento especial a mim quando se formar. Fausto nunca mais me cumprimentou e Carine, minha grande amiga Carine, às vezes eu vejo, bronzeada e decotada, em alguma foto no facebook.

Hoje faço cursinho para Psicologia, frequento os Vigilantes do Peso e não posso sequer sentir cheiro de cheeseburger para não recair. Me alimento de saladas e fumo como uma chaminé, para tristeza da minha mãe. Nunca mais ouvi Mano Brown, nem vou ouvir. A frugalidade da Bossa Nova combina melhor com a pessoa que eu era antes de encontrar Amauri.

Dos piores seis meses da minha vida ficou a lição aprendida com a ex-sogra: não existe relação que sobreviva a uma diferença cultural. E não falo apenas de relações amorosas. Atualmente, eu não acredito na amizade entre pessoas com interesses culturais diferentes, sejam esses interesses musicais, literários, turísticos, artísticos, linguísticos, climáticos, religiosos, gastronômicos, o que for. Por conta disso, há quem me chame de reacionária. Mas enquanto esse pensamento me mantiver longe do rap e dos cheeseburgers, tudo estará bem.

A SUNGA BRANCA E OUTROS DESEJOS

Naquela quarta eu reprimi meu desejo de sair da cama um pouco mais tarde e tomar um longo banho com o novo sabonete Lux Luxo Champagne, que eu teria anunciado como "um brinde à sua pele", se a conta fosse minha. Como toda publicitária, eu vivia pensando no que faria, se as contas fossem minhas.

Na noite anterior, quase nove horas, uma assistente de atendimento havia entrado na criação com o aviso: o cliente vai lançar um produto revolucionário, tão revolucionário que até hoje nunca ninguém pensou em lançar. O comentário que eu não fiz: então é porque ninguém nunca pensou em comprar.

– Preparem-se – a assistente disse. – Precisamos de uma campanha inovadora até quinta-feira. Um dia para planejar e criar, um dia para orçar e, então, o grande show de apresentação para o cliente, com PowerPoint e distribuição de pastas com o logotipo da agência no final.

Eu era redatora de propaganda há bastante tempo e gostava daquela vida sem sentido, emergências a todo momento e plantões madrugada a dentro em que nenhuma vida era salva, mas talvez o meu anúncio fosse parar em um anuário. Foi assim que levantei da cama ao terceiro toque do despertador e pulei a parte do banho com o sabonete de champagne, ainda que com uma leve vontade de chorar. Na manhã seguinte, quando tudo terminasse, eu precisaria de um banho com sabão de mecânico no corpo inteiro.

• • •

– Um protetor solar exclusivo para homens.

A diretora de contas da agência, séria em seu horrendo terno bordô, apresentou o produto do nosso cliente com evidente orgulho. Pela primeira vez, a indústria cosmética trazia ao consumidor uma nova alternativa: o bloqueador solar específico para a pele masculina. Pele peluda, curtida em estádios de futebol, em campinhos de várzea, em acampamentos com os amigos, em churrascos ao ar livre e em verões inteiros passados ao sol, sem a menor preocupação com os raios ultravioleta, o envelhecimento precoce e demais perigos para a epiderme.

– Protetor solar para homem é boiolice.

O comentário do diretor de arte que trabalhava comigo me trouxe à lembrança os grandes queimões de alguns dos homens com quem convivi, começando pelo meu pai, que jamais permitiu protetor algum no próprio couro. As noites ele passava dormindo de pé, apoiado na sacada da casa, satisfeito por não ter sucumbido ao que considerava um vexame: ir para a praia besuntado de creme.

– Pois é este tipo de pensamento ultrapassado, de que protetor solar não é coisa de macho, que precisamos mudar.

Nossa missão, muito mais do que vender um produto, é criar nos homens o desejo de usar o nosso protetor solar, o primeiro do gênero criado especialmente para a pele XY: ShadowMan. O maior prazer do homem no verão. Criar nos homens o desejo de usar protetor solar. Fazê-los sonhar não com o mar cristalino, mulheres de biquíni e cerveja gelada na praia, mas com a hora de cuidar da pele, aplicando camadas e mais camadas de ShadowMan.

– O nome tem que ser esse mesmo? É que ShadowMan parece pseudônimo de super-herói vagabundo.

– O nome está registrado pela matriz de Chicago. O prazo de vocês é hoje. Mais alguma dúvida?

Depois que diretoria, atendimento, assistentes, mídias, coordenadores, planejadores e pesquisadores saíram da sala, o diretor de arte e eu ficamos um longo tempo nos perguntando: o que é o desejo?

– O desejo é a própria essência do homem – respondeu o diretor de arte, erudito, citando o filósofo holandês Spinoza.

– O desejo é algo irracional pelo qual nós sempre temos que pagar um preço muito alto – repliquei eu, com uma frase de Pedro Almodóvar.

– Todo desejo tem um objeto, que sempre é obscuro. Não existem desejos inocentes – disse o diretor de arte, que havia assistido mais filmes do que eu, repetindo o cineasta espanhol Luis Buñuel.

– As pessoas que controlam o desejo só conseguem fazê-lo porque o seu desejo é tão fraco que pode ser controlado – eu reagi com a autoridade de quem tinha lido mais livros que o diretor de arte, recitando o poeta inglês William Blake.

– Quanto mais desejo um beijo um beijo um beijo um beijo um beijo um beijo seu – o diretor de arte retrucou com um verso do Djavan, numa vã tentativa de me enfrentar.

– Mas onde entra o desejo por um protetor solar para homens nisso tudo? – interrompi, antes que meu colega citasse Jorge Vercillo.

Era chegado o momento de encarar o problema.

– O desejo é a matéria-prima da propaganda e da vida – arrisquei, mas o diretor de arte já não me ouvia, ocupado em folhear revistas gringas em busca de referências.

– E se a gente colocasse um cara de sunga branca com barriga de tanquinho na beira do mar, e se este cara estivesse passando no corpo o exclusivo protetor solar para homens ShadowMan, e se, ao lado dele, algumas mulheres, no mínimo três, com biquínis bem pequenos e cabelos bem compridos, observassem a cena maravilhadas, com um evidente desejo transparecendo no seu acting e nas suas expressões?

– Parece bom – eu disse. Era hora da minha contribuição.

– A gente poderia colocar um título como: "ShadowMan. O protetor solar que vai tirar os homens da sombra neste verão". Você acha que mulher sem roupa e a promessa de que o cara vai se dar bem bastam para criar o desejo?

– Tem sido assim desde a época das índias e dos portugueses. Não vai dar errado justamente com o nosso produto.

• • •

O dia já estava chegando quando deixamos a campanha pronta na mesa do atendimento: anúncios com o cara da sunga branca e as mulheres de biquíni, outdoor só com as mulheres de biquíni, já que o espaço era pequeno demais para colocar o cara e a sunga, mala direta com a sunga branca na capa e, lá dentro, o cara com as mulheres de biquíni, além de, claro, ações para internet. Nos dias de hoje, se um publicitário não apresentar ao menos vinte ideias diferentes para aproveitar as tais possibilidades da internet, o chefe diz que ele está ultrapassado. Por isso que a gente recebe tanta coisa ruim por e-mail, porque os coitados precisam pensar em alguma coisa, qualquer coisa, para manter a imagem jovem e o emprego.

Já em casa, me odiei por não ter usado na campanha algo que foi moda na propaganda há alguns anos, o discurso de um reitor, ou coisa que o valha, recomendando que as pessoas usassem protetor solar como uma lição de vida. Mas talvez essa não fosse uma boa ideia. O tal discurso serviu para vender de tudo, mas duvido que tenha aumentado o desejo pelos protetores solares.

Caí na cama direto, suja e desgrenhada. Por solidão ou cansaço, chorei por todas as madrugadas na agência, por todos os meus banhos não tomados e por todos os homens de sunga branca que eu jamais conheceria, se continuasse trabalhando daquele jeito.

Antes de apagar, ainda encontrei ânimo para levantar e atirar o Lux Luxo Champagne com força pela janela.

ACONTECEU COMIGO

Vamos supor que os plutarquianos existissem e que eu fosse capturado por uma tripulação deles em missão na Terra, e vamos supor ainda que eu passasse a fazer parte de uma coleção de formas de vida interplanetárias no Museu de História Natural de Plutarco, conservado em formol ou seja lá em que substância e exposto à curiosidade dos seus cidadãos numa vitrine hermeticamente fechada. Suponhamos tudo isso, e, depois de tanto trabalho, eu seria catalogado assim: um sujeito comum.

Porque é o que eu sou, um sujeito comum. Idade entre vinte e trinta, cor entre moreno e pardo, estatura entre a baixa e a média baixa, cabelos entre o ondulado e o sem cabelo, olhos entre o marrom e o marrom, profissão entre auxiliar de qualquer coisa e desempregado, sonhos entre uma loira e duas loiras, ambição entre ganhar na Mega-Sena ou no Carnê do Baú. E é por isso que eu não acredito que aquela mulher dentro do carro esteja me olhando sem piscar desde que o sinal fechou.

Os folhetos de propaganda que eu distribuo em um cruzamento pesam como paralelepípedos às cinco da tarde.

E falta muito para a pilha terminar. Poucos são os motoristas que abrem a janela diante de um infeliz segurando o prospecto de um empreendimento de luxo. Qual gênio inventou a estratégia de um pobre coitado anunciar prédio de rico? Estatisticamente falando, quantos já compraram um apartamento a partir desse tipo de apelo? Questões que a mim, a bem da verdade, não interessam. Minha função é acabar logo com a pilha para receber vinte reais. Caminho com os meus folhetos em direção ao carro da mulher, que continua me olhando. Talvez ela não tenha as pernas, consigo enxergar apenas até o início dos peitos. Ou é uma esposa precisando apagar o marido. No mínimo, me achou com pinta de matador de aluguel. Logo eu, que não mato nem barata.

Antes que eu chegue, o sinal fica verde e a mulher arranca, sempre me encarando. Pode até não ter perna, mas mulher, quando olha assim, quer coisa. Ela se atravessa na pista indiferente aos buzinaços e palavrões dos outros motoristas. Estaciona na direita, liga o pisca-alerta e abre a porta, esperando por mim.

O que eu sinto não é medo de que a mulher me ataque à força, caso eu entre no carro. Isso acontecendo, eu seria uma vítima altamente colaborativa. Mas não me lembro de qualquer maníaca sexual em todos os meus anos de leitor de página de polícia. Se caminho devagar é por achar que existe algo de muito errado nisso tudo. Recordo as histórias de roubos de órgãos humanos e as lendas urbanas sobre mulheres maravilhosas espalhando doenças entre os incautos. Sequestro para trabalhar como escravo em alguma fazenda perdida nos confins do Acre? Aliciamento para mula do tráfico? De todas as hipóteses, a única que descarto, por motivos óbvios, é a de um assalto. E não deixo de considerar também uma possível decepção. "Oi, os quatro pneus furaram e eu não trouxe o macaco. Você troca para mim? Pago dois reais."

Quando vou entrar no carro, ela aponta para os folhetos e mexe a cabeça em um não. Com certeza, já adquiriu a casa própria. Abandono a pilha de papel no meio da rua. Tudo indica que os vinte reais de hoje não me farão falta. Sento no estofamento de couro e sinto o único cheiro mais excitante que perfume de mulher. Ah: a que está ao meu lado tem, sim, todos os pedaços, pernas, braços, peitos grandes, acredito que um corpo assim não vá cometer a deselegância de me apresentar uma bunda caída. Ela me olha e dá a partida já com a mão no meu joelho. O ar condicionado deixa a tarde quente do lado de fora. Uma voz de negra canta suave no CD. Não lembro de ser tão feliz antes e talvez por isso eu agora esteja um pouco mole, quase com vontade de chorar.

Do meu torpor, percebo a mulher irritada com a minha demora em sair do carro. Não que reclamasse, ela se manteve calada durante todo o tempo em que durou nossa viagem. Mas os suspiros, a forma como me puxou para fora quando paramos, a impaciência com os meus tropeços, tudo me levou a perguntar, a título de piada e em voz pastosa, acariciando a mão que me empurrava:

– Isso é tesão, meu amor?

• • •

Não sei se é dia ou noite, quanto tempo se passou ou ainda vai passar. Não sinto fome, nem sede, nem frio, nem nada. Estou em pé e sem roupa. Parece que não mijo há séculos, não que sinta vontade. Meu corpo não se mexe, mas meus olhos não param, em busca de uma pista que mostre onde eu vim parar. Só o que eles encontram é uma espécie de etiqueta, como que colada nessa lâmina de vidro diante de mim. Símbolos indecifráveis que, para piorar, eu vejo de trás para frente. E que hoje, depois do que me pareceu ser uma eternidade, acho que enfim decifrei.

Propriedade do Museu de História Natural de Plutarco.
Eu falei que havia algo de muito errado nisso tudo.

FLOR ROXA

A minha cidade é a dos jacarandás, grandes árvores com flores roxas que logo caem dos galhos e ficam pelo chão, colorindo as calçadas e, vez por outra, derrubando quem passa. Por isso, quando chega a primavera, eu ando pelas ruas olhando sempre para baixo, atenção que meus passos, normalmente, não mereceriam. "Tu pisavas nos astros distraída." Um verso lindo, mas eu jamais correria esse risco com os jacarandás.

Saio da escola onde sou professora de português e onde tento, sem sucesso, ensinar turmas e mais turmas de alunos que nunca sabem com certeza onde usar o CH e o X, cuidando para não escorregar nas malditas flores roxas acumuladas pelo caminho. Quero andar rápido, muito mais rápido, mas o medo de cair me impede. Em casa, à minha espera, o livro de um dos meus autores preferidos, que eu havia começado a ler na noite anterior e só não tinha terminado porque, às cinco da manhã, meus olhos não obedeciam mais aos comandos do cérebro para que ficassem abertos.

É madrugada quando chego ao fim. Quase quinhentas páginas depois, o vazio de não ter mais uma linha sequer para ler me leva ao computador. Durante muito tempo, não saberia dizer quanto, relato com detalhes todas as minhas impressões sobre a história, os personagens, cada capítulo e o próprio autor.

Passa das seis da manhã quando envio meu tratado à editora do livro, implorando para que seja encaminhado ao autor João Alberto Pires. Já é hora de tomar banho, vestir uma roupa que não chame a atenção dos alunos, conforme a orientação da escola, e trabalhar. Mais um dia em que eu sei, antecipadamente, que a luta contra a ignorância já foi perdida.

Quase não acredito quando vejo o nome do escritor na minha caixa de mensagens. Antes de ler o e-mail, fecho as cortinas e desligo a TV, a luz e o telefone. Não quero nenhuma interferência do mundo lá fora neste instante.

"Prezada leitora, foi com surpresa e grande satisfação que acusei o recebimento de sua correspondência eletrônica. Devo confessar que, em tantos anos de vida literária, poucas vezes estive diante de opinião leiga tão profícua e procedente. Fique, pois, com o agradecimento penhorado e a admiração do sempre seu, João Alberto."

E isso era tudo.

Em resposta ao meu longo e apaixonado texto, apenas quatro linhas, e incompletas. Em lugar das palavras que me deixaram duas noites sem dormir, um bilhete de inspiração parnasiana. Teria eu, por engano, escrito para Olavo Bilac, onde quer que ele estivesse?

Leio e releio aquelas poucas palavras procurando algum significado maior. Se existe, não consigo descobrir.

Começo um novo e-mail e desisto dele cem vezes, até que me decido a mandá-lo.

"Prezado João Alberto, infelizmente a sua resposta ficou extremamente aquém do romancista sensível e refinado que você é. O que enviei a você, muito mais que uma opinião leiga, foi o resultado de anos e anos de fidelidade à sua obra e à sua trajetória. Uma pena você não ter entendido. Um abraço. Júlia."

Novo e-mail e o autor se explica para mim. Pede desculpas pela superficialidade da resposta, fala em pressa, compromissos, trabalho, coisas banais que o impediram de se dedicar ao meu caso. Agradece a análise que fiz do seu livro e se coloca à minha disposição tão humildemente que só falta assinar João Alberto, um seu criado. O estilo ainda é parnasiano, ainda que com alguns leves ares de romantismo.

Escrevo outra vez. Não demora muito e vem a réplica. Eu respondo e, pouco depois, recebo a tréplica, e assim se vai a tarde. Eu já deveria estar a caminho do curso supletivo onde dou aulas de redação para adultos que têm, como última preocupação, saber que a introdução de um texto deve apresentar a ideia a ser desenvolvida nos parágrafos seguintes. O certo seria eu ir agora para a parada do ônibus, cuidando para não escorregar nas flores de jacarandá que cobrem a calçada, mas não saio da frente do computador. Neste momento, o autor acaba de dizer que está de partida para a Amazônia. Vai visitar um velho amigo, fotógrafo francês que hoje vive em uma aldeia indígena, casado com três ou quatro nativas. Viaja amanhã e não volta antes de vinte dias.

Nada que me cause espanto. Assim que eu me interesso por um homem, ele pega o primeiro avião e vai para o seio dos pataxós.

Prometo escrever cinquenta e-mails por dia durante a temporada amazonense de João Alberto Pires, mesmo duvidando de que o meu provedor faça entregas na selva. Prometo também que, na sua volta, vou encontrá-lo em São Paulo. Chego a pensar nos motivos que levariam um autor best-seller a manter correspondência com uma mulher que ele não conhece, mas logo desisto.

É o meu lema: filosofia, só na infelicidade.

Sempre que vai para a Amazônia, João Alberto fica em um tal Hotel Lisboa, categoria cinco arco e flechas. Sabendo disso, ligo de surpresa e escuto a voz dele pela primeira vez. Uma voz grave, com um sotaque que eu não identifico bem. Pode ser paulista, ou mineiro, ou as duas coisas misturadas com algum dialeto ianomâmi.

O escritor fala diferente do que escreve, menos paciente com as palavras. A voz não corresponde ao texto. Ele pede para eu escrever mais tarde, maneira mais ou menos educada de encerrar o telefonema.

"João Alberto, acabei de falar com você. Fiquei nervosa e acabei não dizendo nada muito inteligente. Acho que por isso você não estava muito entusiasmado ao telefone, acertei? Outra hipótese é que você tenha conhecido uma silvícola de pequenos peitos empinados, como se via na revista Manchete há alguns anos. Antes de você se entusiasmar, olhe para os peitos da mãe dela, na outra página. Depois não diga que eu não avisei.

"Faz um dia que eu não conheço você e que eu só penso em você. Queria uma foto recente sua (não precisa ser usando aqueles calções de futebol com que os índios sempre são fotografados), uma descrição física detalhada, queria enxergar você melhor. A sua voz é muito diferente do que você escreve. Faz um dia que não penso em mais nada, só em você. Acho que estou com febre, quente, pegando fogo. Não, nada disso, foi só o ferro de passar roupas que esqueci ligado em cima de mim.

"Me escreva daqui a pouco, em alguns minutos, nos próximos segundos, ou não respondo pelos meus atos. Um beijo. Júlia."

Nada como o amor para fazer alguém perder toda a dignidade. Aqui estou eu, quase de joelhos, implorando para um desconhecido me escrever.

Hora de reagir.

Ligo para minha amiga Maria Clara e vamos juntas afogar as saudades, as minhas, em um bar qualquer. Estou em dúvida entre o Civilização Condenada e o Sodoma & Gomorra, mas acabo indo ao Purgatório, que inaugurou há poucos dias.

Muito chato, o Purgatório. Todas as pessoas parecem tomadas por um tédio secular. Quem não vegeta em um sofá vermelho, está em transe ao som de alguma coisa que não parece música.

Um cara se aproxima e fica se balançando atrás de mim, a título de dança. Mais um passo e vai estar montado nas minhas costas. Apesar do barulho, ele tenta conversar comigo. Tem dez anos a menos que eu, é vendedor de surf shop e evangélico, tudo o que a minha religião não permite. Desço para a parte inferior do Purgatório e procuro minha amiga na escuridão. Encontro, mas já tem um japonês praticamente dentro da boca dela.

Desisto de esquecer João Alberto e vou embora para o meu inferno particular de viver há dois dias sem ele.

"Júlia, também fiquei nervoso quando falei com você. Também não sabia o que dizer. Por que você não me manda uma foto? Pode ser de calção. Outra coisa: em vez de me esperar em São Paulo, você não me daria o prazer de esperá-la aqui na Amazônia? Saudade dos seus beijos cujo gosto não conheço. João Alberto."

Sete da manhã e eu vi cada segundo da noite passar. Só pode ter sido Deus em pessoa quem colocou esse homem no meu caminho. Ou então foi o Steve Jobs, o que deve dar no mesmo.

Saudade dos beijos cujo gosto não conheço. Também ficou nervoso quando falou comigo. Quer me esperar na Amazônia. O autor parnasiano deu lugar ao mais exacerbado dos românticos. Nem Rimbaud tem versos tão bonitos. Nem Roberto Carlos.

Depois de muito esforço, consigo sair da cama. Passo na casa da minha mãe, que lembra o pânico que tenho de insetos e desaconselha minha viagem à Amazônia. Minha irmã mais moça acha que eu devo ir amanhã mesmo. Tem mais e-mails de João Alberto na caixa de mensagens, todos perguntando quando chego. Minhas palavras não são páreo para as dele, o escritor nocauteia e morde a orelha dos meus melhores argumentos para não ir. Ligo para a agência de viagens e marco a passagem.

    Alego problemas de saúde e consigo uma licença não remunerada na escola e no supletivo. Saio à procura de alguma loja de caça e pesca para comprar cinco litros de repelente. O dono me convence de que seria bom levar um samburá também. Tomo as vacinas contra doenças tropicais, como a febre amarela. No outro dia estou com febre e amarela. Mala e samburá na mão, digo bye bye; casa, hello, selva.

• • •

    Ir para Lisboa, o hotel, é mais difícil do que ir para Lisboa, a cidade. Ainda por cima, o piloto não pode ver um aeroporto que já vai fazendo escala. O carrinho da comida deve ter passado umas dez vezes desde a nossa primeira decolagem. Levada pelo tédio, devoro as coisas mais inacreditáveis. Agora mesmo estou roendo o que, pelo aspecto e pela dureza, deve ser um rabo de jacaré. Desse jeito vou estar gorda e oleosa quando encontrar João Alberto.

    Ele vai estar me esperando. Tento dormir um pouco para diminuir as olheiras, mas o hare krishna ao meu lado recita um mantra sem parar. Na tela passa um filme com Brad Pitt, minha grande paixão até o escritor aparecer. Eu sempre tive dificuldades para amar alguém possível, vizinho, colega ou outro qualquer que gostasse de mim. Não rolou com o Brad, mas agora sou recompensada com a entrada de João Alberto na minha vida.

O comissário avisa que estamos em procedimento de descida, e descemos. Falta pouco agora, basta eu apanhar a minha mala, mas ela não vem. Seguiu viagem para Bogotá junto com o repelente, o inseparável creme para celulite e as camisinhas.

Estou reclamando o desaparecimento no balcão da companhia aérea quando vejo João Alberto pela primeira vez. Quero dizer alguma coisa interessante e não digo sequer uma desinteressante. Por mais que eu tente, as palavras não saem. O escritor parece aliviado em me ver, devia estar esperando qualquer coisa bem pior no meu lugar. Relações pela internet têm sempre o inconveniente do fator surpresa. E, com exceção de dois amigos meus, os dois bonitos e inteligentes, que se conheceram e casaram depois de uma intensa troca de e-mails, a surpresa não costuma ser das mais agradáveis.

No carro, João Alberto pede um beijo na boca. Dou e é bom. Ele fuma muito, mas não beija no sabor Minister. O escritor quer ir direto para o hotel e eu prefiro adiar esse momento conhecendo antes um pouco da exuberante vegetação local. A situação é constrangedora: em breve estarei dividindo uma cama e, ainda pior, um banheiro com um homem que nunca vi mais gordo. Felizmente, mais magro, no caso do escritor.

Um tanto contrariado, João Alberto vai ministrando o curso A Amazônia para Estrangeiros pelo caminho. Tento prestar atenção, mas me perco examinando o rosto dele, o jeito de falar, os gestos, tudo que eu só conhecia por escrito.

Almoçamos alguma coisa típica que eu procuro não saber o que é. O escritor fala sem parar e parece ter gostado de mim. Conta que seu amigo fotógrafo, analisando toda a história, apostou que eu era um travesti. Pelo jeito como me diz isso, João Alberto está interessado em comprovar, rapidamente e in loco, a veracidade ou não de tal suspeita.

Próxima parada, hotel.

Ninguém fala nada durante o trajeto. Silêncio total no elevador. Ele abre a porta, não coloca as minhas malas no chão e começa a explicar as regras do quarto. Não posso alagar o banheiro em hipótese alguma. A janela fica sempre aberta por causa do cigarro. O lado esquerdo da cama é dele. Não vale pontapé dormindo, nem puxar a coberta do outro.

Fico horas imóvel embaixo do chuveiro, não posso deixar uma gota escorrer para o piso de lajotas verde-amazônicas. Sem roupa para trocar, visto uma camiseta dele que vai até as minhas canelas. Quando saio do banheiro, João Alberto entra para inspecionar, procurando pelo chão todos os pingos de água que eu não deixei cair. Espero o resultado da investigação fingindo que leio um jornal. Ouço a porta do banheiro sendo fechada e nem preciso olhar para saber que ele vem na minha direção.

O telefone toca.

– Ela está comigo e você ligou na hora errada.

João Alberto dispensa o amigo fotógrafo, que liga em busca de notícias sobre a aventura na selva. Então me pega no colo e, para maiores detalhes, favor consultar a obra de Cassandra Rios.

• • •

Neste exato instante, me sinto profundamente apegada a João Alberto, que fuma um cigarro atrás do outro e me faz rir de tudo. Depois o escritor enrola outro tipo de cigarro, poderoso, talvez preparado com a receita do pajé. Ficamos no quarto, fumando e gargalhando como dois desconhecidos de longa data. Desde a minha chegada, é a primeira vez que me sinto à vontade, e mais à vontade, impossível: da cama posso ver minha única lingerie jogada no chão, perto da camiseta com o logotipo de uma loja masculina que ele havia me emprestado.

Hora de vestir a roupa e sair. Vamos jantar na casa do fotógrafo francês. O programa inclui ainda conhecer a noite de Manaus e terminar no bar local mais famoso. Por onde passamos, restaurantes, lojas, casas, postos de gasolina, João Alberto me apresenta como sua mulher. E é verdade mesmo. Por alguns dias eu larguei tudo, meu trabalho, minha casa, minha família, larguei trinta anos de história para ser a mulher do meu escritor preferido. Até que a TAM nos separe.

Voltamos para o hotel. Olho o teto por muito tempo e acho que não vou conseguir pegar no sono nunca mais, até acordar com o primeiro cigarro dele, às seis da manhã.

● ● ●

Três dias depois e João Alberto, como um bom marido, já não se mostra tão receptivo a carinhos. Já estivemos em todos os lugares onde o homem branco pisou e conversamos sobre oitenta anos de assunto, cinquenta dele e trinta meus. O carro marca mil quilômetros rodados enquanto o escritor fala muito, e bem, e eu ouço muito, e melhor ainda.

No quarto dia, inesperadamente, João Alberto resolve voltar para São Paulo. Justifica a decisão como resultado de seu temperamento instável, que não o deixa permanecer por muito tempo em endereço algum, mas acho que a verdadeira razão é fugir de mim. Pergunto e ele nega. Nesta última noite, quando vou deitar, o autor de livros que me acompanharam por madrugadas inteiras já está roncando, como fará também durante todo o longo voo de volta.

Se eu não disser agora que quero muito mais que quatro dias, minha alma vai queimar no fogo do inferno. Pior: sozinha. Aproveito um raro minuto em que João Alberto desperta no avião e vomito todos os meus desejos e esperanças nos ouvidos dele.

João Alberto sorri e volta a dormir.

Em São Paulo, é tudo muito rápido. Ele não quer ver uma semidesconhecida chorando, eu não quero chorar na frente dele, ele pega um táxi, eu espero outro avião.

E isso é tudo.

● ● ●

"Prezada Júlia, obrigado pelos dias agradáveis e repletos de descobrimentos. Com certeza saio enriquecido da reveladora experiência. Um abraço deste. João Alberto."

João Alberto agradece, em duas linhas parnasianas, a rica experiência. E eu pensando que fosse paixão. Respondo que vou a São Paulo, e para sempre, se ele quiser. Nenhuma resposta. Durante o dia escrevo vários e-mails curtos que talvez não tenham chegado, porque o retorno não vem. Já é noite quando começo um longo tratado e mais uma vez não durmo, escrevendo para o mesmo destinatário todas as razões que poderiam convencê-lo a ficar comigo. São milhares, a maioria inventadas.

Nenhuma resposta.

Ao final da minha licença não remunerada de dez dias, seis deles sozinha e fechada em casa, é preciso voltar ao mundo. Abro o portão para pisar direto nas flores dos jacarandás.

Sofro muito com a falta de João Alberto, como se alguma vez o tivesse tido. Ou talvez eu sofra por mim nisso tudo. Nenhuma personagem romântica, que eu me lembre, terminou o livro sem ninguém e com seis prestações de uma passagem aérea no cartão de crédito.

Foi pior que acreditar em Papai Noel. Foi acreditar em Barbara Cartland.

Eu deveria andar atenta ao chão onde as flores roxas se espalham sem cerimônia, mas caminho olhando para todos os lados, pessoas, cachorros, lixos, carros, pedras, nuvens. Em um desses olhares noto, pela primeira vez, uma inscrição que deve estar há muito tempo no tronco de um dos jacarandás da rua, palavras incrustadas na madeira e cobertas por um limo úmido e espesso.

O amor é uma flor roxa que nasce no coração do trouxa.

Nem que vivesse trezentos anos, um parnasiano reuniria inspiração suficiente para escrever uma frase assim.

ESCOLA DA VIDA

Meu irmão devia ter uns doze anos e passava por aquela típica fase em que os meninos ficam homofóbicos, jeito de provar sua virilidade emergente ou de sufocar alguma dúvida latente, vá saber. O fato é que ele vivia ameaçando bater em algum gay, qualquer que fosse o gay, o travesti que trabalhava na esquina da nossa casa ou os destaques emplumados dos desfiles de carnaval. Depois de ouvir por muitas e muitas vezes as ameaças do filho, meu pai, que não era homem de perder tempo com psicologia, um dia aconselhou:

— Isso mesmo, bata bem forte e todo mundo vai pensar que é briga de namorados, que você está batendo nele por ciúme.

Foi o que bastou para meu irmão nunca mais ameaçar veado algum.

Essa foi a educação que recebemos, ele e eu, uma educação totalmente prática e voltada para as necessidades da vida. Heidegger, Piaget, Foucault, Paulo Freire, os filósofos do ensino passaram longe das lições do meu pai. Em compensação, desde crianças recebemos noções básicas para a sobrevivência que têm garantido exatamente isso, a nossa sobrevivência. E a única vez em que não respeitei uma delas, quase que não vivo para contar a história.

Meu pai gostava de vinho e não lembro de um almoço em que não bebesse uma taça, ou de um jantar em que não bebesse várias. Mas, embora tenha morado com ele até meus 24 anos, nunca o vi chegar perto do carro depois de um cabernet de garrafão. E era com esse argumento que ele nos negava o carro, insistentemente implorado a cada uma de nossas incontáveis festas.

– Quando a gente sabe que vai beber, é melhor sair de táxi.

Então eu argumentava que não tinha dinheiro para o táxi.

– Também serve ônibus.

Quando eu argumentava que jamais sairia de casa toda arrumada para ficar em uma parada esperando por um ônibus que certamente demoraria horas, ele sugeria que eu fosse a pé. E assim nossas conversas viravam discussões e eu terminava com minhas amigas esperando o ônibus por horas na parada da esquina.

Mas chegou o dia em que meu pai precisou ir ao enterro de um meio-irmão dele no interior, um sujeito que nem cheguei a conhecer, doente desde que nasceu. Em vida, se é que se podia chamar assim aquela existência, meu meio-tio morava em uma instituição nos confins de Uruguaiana, onde continuaria pela eternidade. Meu pai e minha mãe fizeram uma pequena mala e foram para a rodoviária, depois de recomendar juízo e cuidados, com a casa e com nós mesmos, para mim e meu irmão.

Sobre o carro, ninguém falou nada.

Naquela noite, aproveitando a liberdade de ocasião, meu irmão improvisou uma festa com vários de seus amigos tomando cerveja e ouvindo The Doors no volume máximo pela nossa casa inteira. Enquanto isso, tratei de ligar para as minhas amigas e combinar outra festa, bem longe daquele rock cheio de lamentos.

Tão longe que o único jeito seria ir de carro.

– Vai dar rolo. Imagina se o pai sonha.

– E imagina se o pai sonha que o Beto Gordo está vendo tevê na cama dele. E de coturno.

Beto Gordo era o melhor amigo do meu irmão, um pós-adolescente todo tatuado, com longos cabelos emaranhados batendo na cintura. Sempre de preto e coturno, como convinha aos punk-metal-dark-góticos ou sei lá o que da época. Um cara legal, mas duvido que meu pai gostasse de sabê-lo instalado no santo leito que dividia com a esposa. De forma que, ao meu irmão, restou fechar o portão da garagem depois que eu fui embora cantando os pneus do nosso Santanão.

A festa era nos confins da Zona Sul, em uma rua tão escondida que gastei metade do tanque de gasolina só para encontrá-la. Para piorar, a rua, estreita demais, tinha carros estacionados nas duas mãos.

– Será que você consegue não arranhar o carro?

A pergunta feita por Maria da Graça, uma das seis amigas que lotavam o Santanão, foi a tradução dos meus piores temores. Naquele momento tomei a decisão de não beber uma gota de álcool, ou podia prever problemas sérios no dia seguinte. O carro teria que voltar para a garagem exatamente do jeito que saiu, brilhando, com o encosto do banco do motorista em 90 graus e o rádio sintonizado na emissora AM de sempre, para o meu pai não perder tempo tentando achar o programa de esportes que ele sempre ouvia depois do almoço.

Infelizmente, esqueci minha intenção de não beber assim que o Ramonzito, um rapaz de aspecto latino que se dizia descendente de Cortez, colocou um copo de cachaça de butiá na minha mão.

– Eu prefiro uma cervejinha.
– Vamos a bailar, muchacha.

Ramonzito estava imbuído do espírito conquistador de seu antepassado célebre naquela noite e, antes que pudesse reagir, eu já estava dançando a salsa e esvaziando vários copos de cachaça butiá com ele. Entre um movimento de dança e outro, Ramonzito apalpava minha barriga e me beijava vorazmente, encharcando meu rosto com sua saliva abundante.

– Muchacha caliente, me voy a buscar otra cachacita. Vuelvo djá.

Mas Ramonzito não volveu. Quase meia hora depois, vi que ele dançava o chá-chá-chá sem camisa, agarrado à barriga de uma loira baixinha. Somado às várias doses de cachaça de butiá, o abandono do latino me tornou bastante sentimental. Sentei no chão ali mesmo e fiquei chorando pelo que me pareceram horas, até ser resgatada por minhas amigas ao final da festa.

– Isabel, você consegue dirigir?

– Claro que sim. É só tirar a água das minhas lentes de contato. Alguém viu o Ramonzito?

– Está dançando o mambo com uma ruiva.

Pedi que minhas amigas esperassem para eu chorar mais um pouco. Poderia explodir se não desse vazão à minha tristeza. Por estranho que pudesse parecer, eu estava apaixonada por Ramonzito.

– Apaixonada? Isso é butiá na veia. Levanta daí que o caminho é longo.

Eu ainda me sentia sensível quando entrei no Santanão. Mas aí sim tive motivos para sofrer de verdade, dessa vez sem relação com o latino evadido.

Para começar, saí da ruela estreita arranhando o carro de fora a fora.

– Esse foi feio.

– Feio vai ser o pai da Isabel vendo o estrago amanhã.

Assustadas, minhas seis amigas aumentavam meu nervosismo. Quando enfim achei a avenida que devia pegar, a buzina de um caminhão de gás que vinha na pista contrária terminou por curar minha bebedeira. Não sei como não enxerguei o caminhão, e sei menos ainda como consegui sair da frente dele. Terminamos invadindo a calçada de um bailão, sem maiores danos para as passageiras que algumas cabeçadas e hematomas. E os xingamentos dos clientes que, por pouco, não foram atropelados pelo meu carro desgovernado.

Passava das sete da manhã quando cheguei em casa, de carona com os brigadianos que atenderam a ocorrência. O Santana foi rebocado para uma oficina e a conta do guincho, ainda por pagar, eu trazia amassada junto com a multa na minha mão. Contei a tragédia para o meu irmão e caminhei entre os amigos dele, desacordados de tanto trago, para buscar refúgio na cama vazia dos meus pais.

Não estava vazia. Beto Gordo roncava lá, agora sem coturno. Incrível a capacidade que algumas coisas têm de piorar até o desespero.

Meu pai voltou de Uruguaiana e o desfecho da história é o previsível. Tive que arrumar um emprego de acompanhante de uma senhora de idade e passei meses trocando as fraldas dela para pagar o prejuízo. Não coloquei mais as mãos no Santana, punição estendida ao meu irmão. E meu pai ainda nos assustou com a outra ameaça que ronda quem abusa do álcool.

– Aquilo de bêbado é de todo mundo. Caiu, já era. Vocês podem me garantir que o aquilo de vocês continua intacto?

Meu irmão assegurou que os amigos dele eram bêbados de confiança absoluta e que, além disso, ele não dormia de bruços. Quanto a mim, havia apenas trocado beijos e carícias na barriga com Ramonzito. Talvez tenha sido melhor o latino desaparecer antes de consumar em mim a maldição secular dos embriagados.

A partir de então, nunca mais dirigi bêbada, o que tem mantido minha saúde intacta ao longo das festas & das merdas pelas quais sigo passando. E, muito importante, instituí uma ordem moral de restrição para todo e qualquer latino falsificado. Prevenir, às vezes, é melhor que remediar.

O que o pai da gente não ensina, a vida se encarrega de mostrar.

VERSOS POBRES

A avó de Nelson era louca pelos programas de auditório dos anos 60 e 70, aqueles que revelaram ao país astros como Roberto e Erasmo, Wanderley Cardoso, Wanderlea, Vanusa, Rosemary, Martinha, Ronnie Von, Antônio Marcos, o anão-cantor Nelson Ned.

E a avó de Nelson tinha verdadeira adoração por Nelson Ned.

Edith, a avó, conhecia cada música, comprava todos os discos, colecionava fotos e sabia de cor a biografia, as fofocas, as tristezas e os amores do seu ídolo. Ao ver o neto ainda coberto pelos restos do nascimento, não esperou para ordenar à filha:

– Tão miudinho... Vai se chamar Nelson.

O menino foi embalado com as canções do artista que lhe inspirou o nome. Logo a avó o ensinou a cantar e a imitar Nelson Ned, e não deixava de ser engraçado vê-lo em suas performances, copiando os trejeitos e fazendo as caretas do anão.

Com o tempo, os programas de auditório desapareceram e o anão-cantor também sumiu. O menino não demorou a esquecer as músicas que lhe foram ensinadas e Nelson Ned foi reduzido, sem trocadilhos, a recortes amarelados de revistas nas caixas que Edith empilhava sobre o guarda-roupa.

Nelson cresceu sem problemas verticais e antes do fim da adolescência já ultrapassava o metro e oitenta. Desde cedo se interessou por matemática, biologia, química e também geografia, história e religião. Calças impecavelmente vincadas, camisa de gola, sapatos lustrosos, cabelos penteados e óculos, Nelson foi sempre o CDF, o Caxias, o Bundão e demais denominações destinadas aos bons alunos das escolas. Mas o apelido definitivo veio quando a única nota dez em uma prova de física, e com louvor, foi a dele.

– Grande Nelson Nerd!

A piada que alguém gritou no fundo da sala passou a acompanhar Nelson pela vida. No cursinho, na faculdade, no trabalho, nas festas de família, nos encontros da empresa, nos festivais de ciências, em noitadas na internet, aonde ele fosse o apelido também chegava, a ponto de a própria mãe chamá-lo assim.

– Ele foi sempre o mais inteligente da classe. Gênio desde criança, o Nelson Nerd.

Se o nome atraía atenções, seu dono afastava as mulheres. E essa era uma constante na vida de Nelson, a primeira lembrança do gênero datando ainda do jardim de infância, quando ele se apaixonou por uma baixinha de blusa vermelha e cabelos chanel. Ou o contrário? Uma que jamais aceitou ao menos um dos seus incontáveis convites para brincar no pátio de areia.

A história se repetiria nos anos seguintes, Nelson rejeitado pela Rainha da Primavera da segunda série, pela melhor jogadora de vôlei da quinta, pela menina que veio transferida do Piauí na metade da sexta e pela líder de aula da sétima, paixão que passou com ele de ano em ano e terminou melancolicamente no último de todos os dias de aula, quando a garota virou as costas e partiu para a vida dos adultos depois de incluí-lo no adeus geral que dirigiu aos colegas mais inexpressivos da turma.

No tempo que se seguiu, Nelson conheceu muitas prostitutas para as quais daria seu sobrenome e algumas garotas de família que jamais seria capaz de amar. Todas as outras ele quis em silêncio, secretárias, caixas de supermercado, vendedoras de loja, garçonetes e escriturárias, chorando aqui e ali o desprezo que sofria, mas sem nunca confessar a elas seus sentimentos.

Como aconteceu com Mônica.

Começou quando Nelson, agora um reconhecido especialista em sistema Windows, consultor de informática de um banco multinacional, regulava uma máquina no setor de crédito. Foi quando a sombra de alguém se interpôs entre seu trabalho e a claridade da lâmpada fluorescente.

– Sabe me… informar... onde… está... a… Clô?

A voz de mulher que fazia a pergunta era reticente e Nelson imaginou as cordas vocais que a emitiam sendo acionadas por dedos inseguros, como os de um digitador incompetente no teclado do computador. Ele tirou a cabeça de dentro do winchester que consertava, e então foi sua vez de balbuciar.

– Eu... eu... eu...

A mulher se chamava Mônica, gerente da Carteira de Clientes Especiais. Mônica, que usava o cabelo da mesma cor do terno, algo entre o mel e o doce de leite, e óculos pequenos sem aro que a deixavam com jeito de estudante de letras.

Nelson ajudou Mônica a procurar a tal Clô pela agência inteira até localizá-la no xerox, lendo em um canto a revista que deveria copiar. As duas discutiram sobre ordens de pagamento e depósitos em conta e Mônica esqueceu que ele existia. Nelson voltou para a máquina do setor de crédito e lá ficou até o final do expediente, muito tempo depois do conserto já feito, na esperança de que a gerente de Clientes Especiais voltasse. Ao sair, mais de onze da noite, teve o cuidado de danificar os cabos do computador da recepção, de onde, na manhã seguinte, ao providenciar o conserto, poderia ver Mônica indo e vindo para tratar dos negócios dos correntistas mais ricos do banco.

● ● ●

Durante um mês, Nelson Nerd usou todos os recursos da informática para rastrear Mônica. Começou com um nome falso em um e-mail anônimo, livremente inspirado no maior romântico que ele conseguiu lembrar, depois de Nelson Ned.

"Não paro de pensar em você desde que a vi. Quero sua autorização para dirigir-lhe meus recados. Ass.: Fábio Sênior."

A resposta veio rápida, em nove palavras e quatro erros de português.

"Pede se não enviar, pois, aqui trabalha se. Mônica Barbosa, gerente."

Nelson então invadiu o computador de Mônica atrás de pistas que o levassem à vida dela: uma mensagem para a mãe, o telefone de casa, o e-mail de um namorado ou, muito pior, do marido, mas a caixa postal espionada só falava de aplicações e empréstimos. Se fosse um hacker bandido, bastaria uma noite para Nelson ficar milionário apenas movimentando as contas dos clientes de Mônica.

Para vê-la sempre que tivesse vontade, ele instalou uma minicâmera na luminária sobre a mesa da gerente. Se Mônica sorria ou estava irritada, se limpava os óculos ou passava perfume, se comia um bombom ou enfiava o dedo no nariz, coisa que jamais fez, Nelson Nerd sabia. Era muito melhor que um reality show, onde pessoas sem expressão alguma expunham sua intimidade desinteressante para quem quisesse assistir. No caso de Mônica, tudo o que ela fazia era propriedade apenas dele, Nelson. Além de preencher os dias, virava matéria-prima para as fantasias das noites.

Foram dois anos inteiros aprimorando sistemas e atualizando programas para tê-la com definição sempre maior na tela do computador. Nas muitas vezes em que pareceu insuportável tocá-la apenas através do cristal líquido, Nelson Nerd chegou cedo ao banco e esperou pela gerente, decidido a contar do seu amor.

– Bom dia, Nelson... Minha... máquina está... perfeita... não... precisa fazer nada... Se... houver qualquer... qualquer... problema, eu... peço... para o rapaz da... manutenção... entrar... em contato... com... você. Obrigada pela... sua atenção, você... é... ótimo,... Nelson.
Você é ótimo para casos de pane no servidor, Nelson.
Você é ótimo quando o nobreak não funciona, Nelson.
Você é ótimo para configurar teclados, Nelson.
Você é ótimo, muito melhor que o Bill Gates e o Steve Jobs juntos, Nelson. Até isso Mônica disse, com sua articulação reticente, em um final de tarde no setor de clientes VIP, sem perceber que o consultor de informática do banco suava não pela dificuldade em consertar um modem, mas pelo tailleur azul-celeste que ela vestia.

Com tanta confiança depositada na sua capacidade profissional, Nelson não entendeu quando a minicâmera subitamente parou de enviar as imagens da gerente escrevendo, falando ao telefone, assoando o nariz, bebendo água à temperatura ambiente, regando o vaso de violetas brancas e levantando para ir ao toilette, ela que nunca falava a palavra "banheiro". Foi sua pior noite em muito tempo, talvez a pior de todas desde a época em que sonhava com a piscina térmica do clube e mijava na cama, lá pelos doze anos de idade.

Na manhã seguinte, Nelson Nerd encontrou a mesa de Mônica vazia, as gavetas abertas revelando a ausência dos lenços de papel, do creme para mãos secas e das toneladas de folhas usadas que ela acumulava para fazer de rascunho.

– Mônica não veio trabalhar hoje?

– Você não soube?

A assistente dela então contou sobre a descoberta de uma webcam na luminária de Mônica, o que levou a diretoria a deduzir que a gerente passava dados secretos da agência para bancos concorrentes.

– Mônica seria incapaz de fazer isso.

– Ela negou, mas foi inútil. Mônica pediu até para chamar você, para ajudar a descobrir quem instalou a câmera. Saiu daqui chorando. Todo mundo ficou com pena.

Havia a impressora do autoatendimento sem toner e o scanner do departamento de pessoal para ser regulado, mas Nelson precisava ver Mônica. No endereço dela, uma vizinha informou que a ex-gerente estava na casa da família, no interior.

– E disse que não pisa mais nesta cidade. Que vai trabalhar na loja do pai.

Ele pensou em ir ao interior, e ao exterior, se fosse necessário, para trazê-la de volta, mas o que diria, se a encontrasse? Desculpe fazer você perder seu emprego, foi por paixão? Confessar a culpa aos diretores também estava fora de cogitação, menos pelo emprego que seria perdido que pela exposição pública do seu amor.

E Nelson deixou Mônica ir.

Alguns dias depois, ao fazer uma visita de rotina ao banco, ele encontrou uma nova gerente trabalhando na mesa de Mônica.

– Eu sou a Rosângela e você deve ser o rapaz da informática, certo? Clô disse que você viria configurar minha intranet.

– Muito prazer, Rosângela. Vou verificar sua máquina agora, se você me der licença.

Rosângela era bonita e usava um terno verde com dois botões abertos, suficientes apenas para adivinhar o final do pescoço e o que talvez fosse o início do colo. Uma blusa cor da pele não permitia maiores exames. Seria fácil instalar uma câmera para observá-la, mas Nelson não faria isso, não com as horas e horas gravadas pela webcam mostrando Mônica digitando um contrato, falando com o motoboy, apontando um lápis, prendendo os cabelos cor de mel com doce de leite atrás da nuca.

– Qualquer problema, peça para o encarregado da manutenção me chamar.

– Muito obrigada. Qual é o seu nome?

– Nerd. Nelson Nerd.

Naquela noite, Nelson ficou até muito tarde ouvindo no escuro os velhos discos de Nelson Ned. E dedicando cada um de seus versos pobres a Mônica.

TENDÊNCIAS PARA A CAMA

Se Alice ouvisse a mãe, grande reclamação de todas as mães, nunca teria namorado Trevis. Primeiro, mas isso não foi alegado, por causa do nome dele, Trevis. A mãe havia feito todas as combinações possíveis para descobrir a origem de tal substantivo próprio, todas em vão. Só se a família fosse fã do falecido Muçum em visita à Fontana di Trevi, só se fosse isso.

Ele até poderia se chamar Trevis se não fosse tão... tão... emotivo, a mãe de Alice definiu, depois de saber que o genro havia chorado mais que a filha na milésima nona reprise de *Ghost* na tevê. Trevis se comovia em casamentos, em batizados, em formaturas, em aniversários, no Natal e no Ano-Novo, o que dava para entender, com promoções no trabalho, com novelas de todos os horários, com a separação de casais, com recém-nascidos, evidentemente com a morte, com cachorros abandonados e filhotinhos de gatos. Era a companhia perfeita para conversar sobre os assuntos delicados que Alice sempre falou com as amigas, e ainda dormia de conchinha com ela, direito conquistado ao chorar sentidamente quando o sogro tentou negar-lhe o primeiro pernoite.

Trevis instalou sinos perto da janela do quarto, para que o vento tocasse canções de amor para Alice. De lá vinha sempre um perfume doce de incenso de baunilha, que ele dizia lembrar o cheiro da pele da sua garota. Trevis sabia fazer massagens com óleos e até se ofereceu para aliviar o ciático do sogro, mas o velho não quis. E quando parecia que aquela suavidade conviveria para sempre com a família, Alice o expulsou aos gritos.

– Filha, olhe ele lá, aos prantos no portão. O que foi que aconteceu?

– Não me perguntem nada. Esqueçam que esse babaca existe.

Trevis rondou o edifício por semanas, ora mandando um beijo pelo porteiro da noite, o seu Abelardo, ora deixando uma rosa vermelha com os espinhos cuidadosamente retirados. Então ele desapareceu de uma hora para outra e alguns temeram pelo seu suicídio. Menos Alice.

– Já morreu para mim. As outras mortes dele não me interessam.

Um dia, lendo uma matéria em uma revista feminina, a mãe de Alice teve a revelação.

– Trevis é um Emo Boy!

Nem assim, sabendo que Trevis era, na verdade, uma tendência ambulante, um novo comportamento masculino capaz de expressar sensibilidade, Alice considerou a hipótese de uma reconciliação. Até porque, nessa época, ela estava bastante envolvida com Edson.

Edson gostava de se definir como um feminista. Com quase quarenta anos, médico que largou a profissão para virar ator, apoiava todas as iniciativas e atitudes de Alice, principalmente quando ela pagava a conta sozinha ou brigava com o pai para ficar na casa dele. Edson considerava as mulheres seres tão autossuficientes quanto os homens, razão de jamais abrir uma porta, puxar uma cadeira, trocar uma lâmpada e outras atribuições do seu gênero.

– Seria machismo da minha parte, Alice. E você sabe que isso não combina comigo.

Tudo parecia ir bem até que, em um domingo, Alice voltou para casa às três da tarde dizendo que havia terminado.

– Cansei, não quero mais, acabou.

Ela contou que não suportava mais ser tratada com tanta igualdade por um namorado, o que incluía carregar as sacolas pesadas na saída do supermercado e não ter outra opção além da costela nos churrascos que ele assava.

– E eu que acendia o fogo, vocês acreditam?

Dessa vez foi a irmã de Alice quem identificou Edson em uma reportagem de comportamento.

– Ele é um novo tipo de homem que tem por aí agora, um New Bloke!

– Pois para mim é um grosso.

E antes que a família se acostumasse com Alice solteira, ela foi a um café lotado de maurícios & patrícias e conheceu Nato.

Nato, nascido Renato Serafim, detestava o próprio nome e se assinava Nato Serafim, embora Renato soasse muito mais bonito que Serafim.

— E se você assinasse Renato Fim?

— É a minha imagem, Alice. Pode deixar que eu cuido dela.

Quando o assunto envolvia a própria imagem, aliás, Nato Serafim não descuidava de detalhe algum.

Os cabelos, negros e armados, ele domava com muita cera importada, comprada nos melhores cabeleireiros. A pele, sem manchas ou espinhas, era objeto de cremes e limpezas periódicas em uma esteticista. A barba, mais cerrada que a média, Nato entregava a uma depiladora de sua confiança, que acabava com ela de quatro em quatro dias, independente de a data cair em um domingo ou em um feriado. A barriga de tanquinho e demais músculos se mantinham com muita malhação e a vigilância de um personal trainer chamado Titi.

A mãe de Alice não entendia tanta vaidade.

— É demais para um rapaz, minha filha.

— É que o povo é acostumado com homens rústicos, frieira, micose, cueca sem elástico. Eu acho lindo um cara caprichoso assim.

Nato gostava mais de shopping que Alice e odiava repetir roupa. Podia ser um cinto vistoso, alguma joia ou um lenço no pescoço, mas algum detalhe diferente ele sempre acrescentava, para não ser visto duas vezes com a mesma produção.

— Lenço no pescoço, Alice?

— Fica perfeito nele.

Quando o pai de Alice já achava que o genro jamais lhe daria netos, por seu jeito afeminado de ser, o namoro acabou por desavenças estéticas entre o casal.

— Sei lá, ele começou a pintar as unhas.

O pai concordou que homem de unhas pintadas era o fim da picada. Ainda se fosse o Fabrício Carpinejar...

— Da pintura eu gostava, pai. O problema eram as cores, exageradas. Todo mundo olhava. Quando eu pedi que usasse uma misturinha, ele me chamou de brega.

— Eu não sou de dar palpite, Alice, mas esse Nato era metrossexual demais para dar certo.

O fato é que agora Alice anda saindo com um homem bastante parecido com um homem. É um sujeito daqueles que lava o cabelo com sabonete se faltar shampoo, faz a barba quando tem paciência, carrega as compras, detesta assistir *Uma linda mulher*, vai ao shopping apenas em último caso, manda flores e volta e meia joga bola com os amigos. Ao saber dos predicados do novo cunhado, a irmã de Alice não se conteve.

— Guria, você pegou um übersexual! É o homem do futuro! A mulherada toda quer um desses e não encontra, sabia?

Arrumando a mesa para o jantar, a mãe de Alice suspirou.

— Então é bom eu segurar bem o pai de vocês, porque é assim que ele tem sido, desde que a gente se conheceu.

Em homens, como na moda, nada como um bom clássico reinterpretado.

AGRADEÇA POR MIM

A porta bateu e eu fiquei presa no pátio do meu apartamento, em plena tarde de domingo, na companhia da imensa cadela boxer de onze anos que eu havia trazido há alguns dias da casa da minha mãe. Eu, que mal olhava para o pátio antes da cadela, agora me via ali, no frio, sem perspectivas de fugir.

Nana, a cadela, velha o bastante para que ninguém a quisesse, mas viva demais para ser deixada em algum veterinário ou instituição para encontrar seu fim, vinha de uma temporada de solidão por conta da doença da minha mãe. Abandonada na casa onde as duas moravam, dependeu da boa vontade de uma vizinha para ser alimentada no mês e meio em que sua dona esteve no hospital. Meus irmãos e eu não lembramos da existência do bicho enquanto nossa principal ocupação foi esperar, em uma antessala de UTI, a melhora que não veio. Mas quando tudo terminou, chorei também pela cadela, tão filha da minha mãe quanto eu.

Foi assim que, na terça-feira, instalei Nana na área dos fundos do meu apartamento térreo. Desacostumada a passear, a cadela empacou tanto na saída da antiga casa quanto na chegada triunfal ao seu novo endereço, só aceitando descer do carro nos braços fortes e peludos do povo, ali representado pela zeladora do meu prédio. Ao ver o bicho tremendo e chorando, a síndica me advertiu de que barulhos caninos eram passíveis de multa no condomínio.

Não se preocupe, sua vaca. Minha cadela vai incomodar muito menos do que você mugindo no corredor.

Nesse ponto, um particular. Nana nunca latia, nem diante de um carteiro, ou quando as crianças do colégio passavam em algazarra, ou na única vez em que um assaltante entrou na casa dos meus pais. O veterinário diagnosticou uma rara malformação nas cordas vocais da cadela, o que fazia com que ela emitisse ruídos e grunhidos. Latidos, jamais.

E logo um novo mundo, cheio de maus odores, se abriu diante de mim. No seu nervosismo, Nana fazia xixi sem parar, litros e litros expelidos no piso. O pequeno pátio ficou molhado e fedorento, e a cadela continuou a mijar. É para reconhecer o território, disse a zeladora peluda. Talvez fosse, mas com certeza a bexiga da cadela exagerava na demarcação de seus limites. Animais velhos têm disso, falou da janela um senhor que morava dois andares acima. Talvez fosse, também. Eu mesma, nos meus quarenta, já não conseguia dormir uma noite inteira sem levantar duas vezes para ir ao banheiro, fora as escapadas ao toilette durante os filmes. Idade e urina, acho que já tinha ouvido alguma coisa sobre esse assunto.

Outro sublocatário do meu apartamento foi o cheiro de cachorro, propriamente dito. Sem qualquer intimidade com o reino animal, eu via donos e cães abraçados pelas ruas e parques e imaginava os humanos recendendo ao perfume de seus mascotes, uma mistura de sapato de couro gasto e tapete úmido que todos os animais exalavam, por mais banhos que lhes fossem dados e fragrâncias que lhes fossem aplicadas. Era esse cheiro que agora eu sentia no meu quarto, na sala e até na cozinha, por mais que borrifasse Bom Ar pela casa.

E a alimentação da cadela? Durante toda a longa vida de Nana, minha mãe cozinhou para ela gororobas feitas de arroz e restos de comida caseira, tudo misturado e fervido em uma grande panela encardida de alumínio. Como eu não me dispunha a perder tempo no fogão para preparar tais iguarias, Nana vinha recebendo ração para cachorros, a de melhor qualidade e a que mais benefícios anunciava na embalagem entre todas as que encontrei no supermercado. Só que mal tocava na comida. Acostumado a degustar gorduras, molhos e ossos, o bicho comia apenas o necessário para não morrer e, no final da primeira semana da nova dieta, já era visível sua silhueta mais afinada.

Com toda a boa vontade, me dispus a acompanhar Nana em três passeios por dia, um antes de sair para o meu trabalho, outro na hora do almoço e o terceiro de noite, voltasse eu a hora que voltasse. Logo no primeiro, munida de sacola plástica e luvas, me abaixei para recolher o cocô. E quase morri vomitando. Eu era uma cidadã e não deixaria a sujeira da cachorra pelas calçadas. Mas não havia nascido para aquele serviço.

Em troca de dez reais por dia, a zeladora peluda ficou responsável pelas três saídas diárias do bicho. Logo as duas ficaram amigas, e Nana esperava o momento de passear com gemidos baixos e delicados, em contraste com o seu tamanho avantajado, para dizer o mínimo. Meu contato com a cachorra resumia-se a um ou dois afagos que lhe fazia quando voltava do trabalho, mas ainda assim eu gostava de tê-la comigo. Era como se administrasse uma parte importante do patrimônio da minha mãe. O restante, que não era muito, dependeria de acordo entre os irmãos.

Mas entre eu me sentir tranquila por cuidar da cadela e me ver trancada com ela em uma tarde de domingo, havia uma diferença. E canina. Tentei de todas as formas mover a porta, puxando, batendo, empurrando, e nada. Arrombá-la requeria bem mais do que a minha força, o que não me impediu de chutar a fechadura com desespero. O barulho do pontapé no metal e na madeira e o grunhido assustado de Nana foram os únicos efeitos do meu esforço.

As janelas fechadas do prédio denunciavam a ausência de seus moradores ou, na melhor das hipóteses, o sono que alguns dormiam naquela tarde de inverno. Se algum vizinho abrisse a janela, eu pediria que localizasse a zeladora peluda. Mas já mais de uma hora se passava e nenhum movimento nos apartamentos me trazia a esperança de um resgate. Comecei a gritar, um a um, os nomes de todos os moradores, até daqueles que eu evitava cumprimentar. Comecei pela síndica, uma professora aposentada que sempre reclamava da altura do meu som nas reuniões de condomínio, a vaca.

– Dona Gisela!
– ...
– Dona Gisela!

– ...

Como só o silêncio me respondesse, chamei seu Adroaldo, que vivia sozinho com um vira-lata esganiçado, e depois chamei Ricardinho, filho do doutor Paulo Luiz e de Adélia, que também chamei, e chamei Etienne, uma nutricionista simpática que morava com seus dois filhos, Gabi e Lucas, que evidentemente chamei, e chamei Alexandre e Helena, do 301, que certamente estariam fazendo sexo, como eu ouvia o tempo inteiro, mas que talvez me acudissem entre uma trepada e outra, e chamei o vizinho novo do 204, cujo nome eu não sabia, e que precisei chamar como o Didi Mocó ensinou nos Trapalhões.

– Ô do 204!
– ...
– Ô do 204!
– ...

Quando todos os nomes se esgotaram e minha garganta já doía, sentei no chão ao lado de Nana, que não parava de me encarar e volta e meia soltava um suspiro triste.

– Se você se sente assim, imagine eu.

Nana gemeu cm uma possível solidariedade e deitou ao meu lado. Não pude deixar de pensar que eu só estava naquela situação porque ela tinha vindo morar comigo, e que ela só tinha vindo morar comigo porque sua dona, a minha mãe, havia morrido há dez dias.

Não notei que o céu escurecia rápido demais para as quatro da tarde. Nana, com o instinto mais apurado que o meu, buscou proteção na marquise da porta e estava acomodada sob sua grande almofada quando a chuva caiu. A mim restou procurar um canto mais abrigado e continuar esperando, coisa que nunca soube fazer. Minha mãe vivia dizendo que eu era a pessoa mais impaciente que ela conhecia, o que no início me fazia perder completamente a paciência. Depois, assumi o personagem e passei a sofrer de impaciência crônica 24 horas por dia.

Principalmente na presença da minha mãe.

Se ela esquecia de algo, eu perdia a paciência. Se trocava meu nome pelo de uma das minhas irmãs, se falava da vida das celebridades, e como falava, se saía quando estava chovendo, se ficava em casa em um domingo bonito, se usava um perfume forte demais, se me telefonava sem necessidade, se queria me contar a novela, se emitia sua opinião sobre o cara com quem eu andava, se me fazia perguntas, se cantava as músicas do Roberto Carlos, se me relatava com detalhes uma de suas inúmeras doenças, que eu nunca levava a sério, se ria alto. Tudo me levava a perder a paciência com a minha mãe, e ainda assim estávamos sempre juntas, eu atravessando a cidade para buscá-la, ela almoçando comigo às segundas, quartas e sextas, as duas inseparáveis nos finais de semana.

A chuva parou e o céu ficou cor de fim de tarde. Nenhuma luz se acendeu nos apartamentos e Nana agora dormia o sono das cadelas justas, ressonando em sua almofada. Eu, há quatro horas sem um celular, um livro, um amigo, uma esperança, via meu domingo ir embora com muito mais tristeza que tédio.

Em outros tempos, bem próximos, minha mãe estaria assistindo na sala a um dos programas de auditório que eu detestava e me salvaria tão logo ouvisse a porta batendo. Fazia parte das atribuições maternas me livrar das enrascadas cotidianas, problemas com documentos, consertos de roupas, contratação de faxineiras, extermínio de insetos, despachos de encomendas e pessoas. Mas não era por isso que, presa naquele pátio, eu sentia a falta dela.

Passava das sete e estava escuro quando Nana levantou da sua almofada e veio se encostar em mim. De tão cansada, eu não conseguia sequer pensar e, em uma situação como aquela, tomei a única atitude que se mostrava cabível para mim: chorar.

Nana grunhiu, suspirou, fez o que podia para me acompanhar. E, não sei se porque eu não parasse, tomou a única atitude que se mostrava cabível para ela: latir.

Pela primeira vez em uma vida inteira, Nana latiu em decibéis insuportáveis. Eu pedia para que parasse e a cachorra, até então muda, latia cada vez mais alto.

Foi então que Helena, a vizinha do 301, abriu a janela e apareceu enrolada em uma toalha. Logo atrás, nu da cintura para cima, surgiu Alexandre, o marido.

– Pessoal, nem acredito que vocês estão aí. Por favor, me ajudem!

Levou ainda algum tempo para a zeladora peluda ser localizada e finalmente me libertar. Quando isso aconteceu, Nana devorou dois pratos inteiros de ração e foi dormir sem fazer barulho.

Na cama, tarde da noite, tive a certeza de que minha mãe é que havia me tirado da encrenca, como em tantas outras oportunidades. Dessa vez, na pessoa, ou não exatamente na pessoa, da cadela Nana.

Eu agradeceria por isso cuidando de Nana enquanto ela vivesse, por mais onze mil anos, se dependesse de mim. E, pelo sim, pelo não, pediria todos os dias para a cadela transmitir à sua legítima dona, minha mãe, um recado.

Diga que agradeço por tudo. E que falaria isso pessoalmente, mas dessa vez minha mãe não teve paciência para me esperar.

RAIVA ESPECÍFICA: TPM

Acho que viver com mulheres loucas
faz bem para a espinha.

Charles Bukowski

DIÁRIO EM VERMELHO

Estou trancado no meu quarto. Fiz uma barricada diante da porta para me proteger. Já não tenho comida e a água acabou, mas não posso sair antes de a manhã chegar. Confundo os acontecimentos, mas me lembro bem do início. Era quinta-feira e fui despertado pelo som de uma janela quebrando. Em seguida, um grito. Um lamento? E o medo. Para não perder a sanidade, registro os fatos neste diário. Se vencer a madrugada, acredito que sobreviverei.

Quatro dias atrás

O barulho de louças atiradas no chão e de papéis sendo rasgados fica cada vez mais forte. Ouço passos pela casa inteira. O telefone da sala toca sem parar, mas não me atrevo a atender. De repente, uma porta bate com força. Silêncio. Após uma longa espera para me certificar de que estou só, saio do quarto com cuidado. O cenário que encontro faria o horror de Nilda, a minha faxineira. Objetos pelo chão, fotos queimadas, uma pizza mezzo cebola mezzo repolho pendurada no lustre de cristal que comprei em um antiquário de São Paulo. Não me preocupo em arrumar coisa alguma. Saio rápido. Preciso estar de volta antes que a noite caia. Se não for assim, temo pelo que possa me acontecer.

Três dias atrás

Quase fui apanhado ontem, enquanto me esgueirava para entrar em casa. Corri para o quarto e tranquei a porta. Traria provisões, mas e se o peso me atrapalhasse na eventualidade de uma fuga? Ainda bem que sempre guardo na mochila as barrinhas e amendoins que as companhias aéreas oferecem, com injustificado orgulho, a seus passageiros. Levo no bolso do casaco uma garrafa de água de meio litro. Improvisei um banheiro perto do guarda-roupa com a areia higiênica do gato Rudi. De qualquer forma, Rudi não precisará mais dela. Na passagem para o meu quarto, vi o couro do felino estendido no corredor, junto com duas almofadas de estampa de onça completamente destroçadas. Fico no escuro e não faço qualquer barulho. Vai passar o jogo do Grêmio, mas não ligo a tevê. Minha única chance de não terminar como Rudi é não ser percebido. Eu sou o homem invisível.

Dois dias atrás

Ouço garras arranhando a porta. Desde que cheguei escondido do trabalho, permaneço em posição fetal embaixo da cama. Não posso correr o risco de ser visto pelo buraco da fechadura. Há pouco escutei vozes estridentes vindas da sala de jantar. Daqui onde estou, percebi apenas palavras e expressões desconexas: "machistas", "porcalhões", "capar todos". Tenho fome. As barrinhas não conseguem mais me saciar. Por que eu não coloquei um frigobar no quarto, como tantos mais prevenidos já fizeram? Por que não construí uma cozinha? Meu corpo pede proteína. Vou deixar um amendoim açucarado no chão para atrair algum inseto. Qualquer inseto. Salivo só de imaginar.

Um dia atrás

Estou chegando ao meu limite. Meus colegas de trabalho percebem o meu abatimento, mas não conto nada. Quanto menos gente souber do que estou vivendo, melhor. Hoje cheguei atrasado à reunião mais importante do ano. Senti que havia uma emboscada à minha espera e me mantive imóvel dentro do guarda-roupa por duas horas. Coloquei um lençol sobre a areia higiênica totalmente usada para diminuir o mau cheiro no quarto. O próximo passo é fazer as minhas necessidades no edredom. Minha vontade é pedir um pastel de carne com meio ovo cozido, mas e se o entregador for apanhado? Não posso colocar outras pessoas em perigo. Passo a maior parte do tempo dormindo com um pano amarrado na boca, para prevenir que algum ronco escape. Ainda assim, tenho a impressão de que a minha respiração pode ser ouvida. Pânico.

Hoje

Se eu resistir por mais algumas horas, terei assegurado mais um mês de vida. Há pouco pensei ter ouvido os primeiros pássaros da manhã, mas ainda eram os morcegos em seus guinchos derradeiros. Estou com frio, cansado e faminto. Meu consolo é o calendário amarfanhado que seguro nas mãos. O calendário com o dia 12, hoje, assinalado em vermelho. O dia em que a minha mulher sai da TPM.

TÃO FÁCIL SER IDIOTA

Entrei na jugular da garçonete.
– É você que anda saindo com o Tim?
Disfarçada, ela.
– Quer beber alguma coisa?
Água com gás.
– E não bota o dedo dentro do meu copo.
Me apresentei.
– Cristina. Namorada do Tim.
Me encarou.
– Eu também.
Me irritei.
– Também o quê? Também é Cristina ou também é namorada do Tim?
Me olhando na cara.
– As duas alternativas estão corretas.
Serve a água.
– Glub, glub, glub.
Ela puxa assunto.
– Olha, é meio estranho nós duas aqui, as duas chamadas Cristina, as duas namoradas do Tim.

Me irrito 30% a mais.
– Quanto ao nome igual, não posso fazer nada. Mas a namorada do Tim sou EU.
Não baixa o topete.
– Isso a gente tem que resolver com ele.
E se eu arrancasse o couro cabeludo dela?
– Te enxerga, menina. O Tim não quer nada com você.
Sem se alterar.
– Então ele vem aqui todos os dias por quê? Pra comer ovo em conserva?
Neste momento, como em um filme de péssimo e previsível roteiro, Tim entra na lanchonete. Vinte e três segundos de hesitação. Fala comigo.
– Oi, Cris.
Para a garçonete.
– Oi, Tina.
Explodo.
– Mas você é muito filho da puta.
Boto a lenha na fogueira.
– Sabia que ele vive falando em casar comigo?
Ela não pisca.
– Comigo também.
Minha raiva cresce.
– Eu vou quebrar a cara de vocês dois.
Ele, o conciliador.
– Calma, Cristina, não é caso pra tanto.
Alguém me segure.
– Não é? Bem que a minha mãe me preveniu sobre o seu tipo.

Se faz de coitada.

– Eu, pelo menos, não tenho mãe.

Agora chega.

– Um Tim é pequeno demais para duas Cristinas.

Rápida.

– Eu não diria isso do pau dele.

Em uma mesa, um homem aplaude.

– Cala a boca ou eu te jogo uma torradeira na cabeça.

O grande pacificador.

– Cristinas, vamos nos entender.

Só pode estar brincando.

– Entender o cacete. Eu nunca mais quero ver você na minha vida.

Insiste.

– Se a gente conversar, eu garanto que...

A garçonete chorosa.

– Com ela, que veio aqui dar escândalo, você quer conversa. E eu?

O grande mártir.

– Cristina, um problema de cada vez.

Não seja por isso.

– Pois passei minha vez pra ela. Até nunca mais, sem-vergonha.

Um pingo de orgulho.

– E quem disse que eu quero este traste?

Incrédulo.

– O traste sou eu?

Na lata.

– E tem algum outro imprestável aqui?

No fundo do bar, alguém faz u-hu.
– Se você me ouvir, não vai se arrepender.
Inconformada.
– Por mim, não mexeu uma palha. Por ela, fica se humilhando.
Minha vez de brilhar.
– Amor antigo, minha filha. Ou você achou mesmo que ele gostava de você?
Quase chorando.
– Achei.
Deu pena.
– Viu o que você fez com a menina, palhaço?
Retirada estratégica.
– Não vou ficar aqui pra ser ofendido. Você sabe onde me encontrar.
Ela.
– Eu também sei, idiota. Mas não vou procurar.
Uma mais infeliz que a outra.
– Você tem coragem.
Confesso.
– É TPM.
Compreensiva.
– Quer beber alguma coisa?
Uma cerveja.
– E não bota o dedo dentro do meu copo.

PROFESSOR DOUTOR

Não sou médico. Não sou terapeuta. Não sou místico. Eu sou apenas um prático que ensina as mulheres a gozar, e minha agenda está cheia até a metade de outubro. Ao contrário do que possa parecer, o meu é um trabalho bastante respeitável. Sou procurado por senhoras casadas, muitas vezes com a presença de seus maridos, e por solteiras em geral. É um mercado grande e complicado o das mulheres que não gozam. Em meu consultório já atendi, inclusive, senhoras de mais de sessenta anos, algumas viúvas, que jamais haviam experimentado algo próximo de um orgasmo. Quando atingiu seu primeiro clímax cm uma relação sexual, dona Y., 74 anos, pensou estar sofrendo um ataque de Parkinson. Não foi fácil convencê-la a não chamar uma ambulância.

Entrei nesse ramo porque desde muito jovem tive grande facilidade para levar minhas amantes ao gozo. Era como se eu adivinhasse o que cada uma queria e, rapidamente, aprendesse a satisfazê-las. Um dom natural meu, algo que não cheguei a demonstrar nas outras atividades a que me dediquei, como computação e comércio. Foi uma namorada eventual, S., quem me sugeriu sair com a irmã dela, considerada frígida pelos homens com quem mantinha relações. Bastou seguir minha intuição para, digamos, curar a mulher dessa falsa impressão. Fui sendo recomendado de uma parceira para outra, até que não me sobrou tempo para a loja de artigos esportivos da qual eu era gerente. Tão logo me estabeleci no consultório, abandonei minha vida amorosa. Ainda que admirassem minhas habilidades, as namoradas me atrapalhavam com suas cobranças e seu ciúme. Assim cheguei onde estou hoje, um profissional reconhecido que construiu sua reputação com esforço e talento. Mais talento que esforço.

Por que tantas têm tanta dificuldade para gozar? As respostas são muitas, e simples. Desconhecimento do próprio corpo, o que vale tanto para as mais velhas quanto para as bem jovens. Aponto também os relacionamentos com homens que não se preocupam com elas. Muitas das minhas pacientes relatam que seus companheiros, absortos neles mesmos, não perceberiam se, no meio do coito, uma boneca inflável ou uma ovelha fossem colocadas em seus lugares. Vergonha de dizer a seus parceiros o que gostam. Dificuldade para se abandonar às sensações, no caso das controladoras. Déficit de atenção, essa praga da moda. A preguiça é outro fator bastante comum, com várias desistindo no meio, não sem antes simular um orgasmo barulhento para satisfazer a vaidade de seus companheiros. Falta de comunicação, falta de atenção, falta de tesão. Sem esquecer os problemas de ordem física. Antes de começar o atendimento, encaminho minhas pacientes a um médico amigo. É preciso afastar toda e qualquer possibilidade de doença antes de iniciar o tratamento.

Meu método é simples. Depois do primeiro encontro no consultório, combino um jantar. Chego na hora marcada, um buquê de dezoito rosas na mão, jamais vermelhas. Minhas pacientes não aceitariam a obviedade das rosas vermelhas. Vou de barba feita e com um dos trajes sugeridos por meu personal stylist para agradar o tipo de mulher que vou atender. Isso é fundamental. Muitas já me confidenciaram ter perdido a libido ao ver o namorado de abrigo esportivo e Crocs para um passeio noturno.

No restaurante, selecionado de acordo com a preferência da paciente (até o momento, nenhuma optou por churrasco ou cheeseburger), puxo a cadeira, discorro sobre o cardápio e sugiro o vinho. Depois as escuto falar pacientemente, com interesse real pelo que me contam, levantando questões que levam a outros assuntos do repertório delas. Após a sobremesa, que também peço, desmentindo a chata máxima de que "homem não gosta de doce", e quando a carência de gentileza das pacientes já parece mais saciada, levo-as de volta ao consultório. Abro o anexo com um box spring king size embutido, acendo velas, coloco no computador a trilha adequada a cada perfil e dou início aos trâmites. O clima criado por mim ajuda, mas o que importa mesmo é a confiança que meus elogios e meus cuidados transmitem a elas. Às vezes ocorrem casos como o de dona Y. e seu falso Parkinson, o que me exige preparo para lidar com reações diversas. Mantenho um tubo de oxigênio e um desfibrilador para eventualidades.

Se sou bem-sucedido já na primeira tentativa, libero as solteiras para todas as possibilidades de sua recém-adquirida segurança. Sendo a paciente casada, chamo o marido ao consultório, passo as instruções e monitoro a situação através da troca de e-mails com o casal. Havendo a necessidade de uma segunda consulta, será grátis para todas. Se a paciente desejar, ofereço pacotes que variam um ou outro item, mas incluem sempre, qualquer que seja o valor acordado, a atenção por elas.

Mesmo com toda a minha experiência, acabo de ser desafiado pelo caso de L.M.

A mulher de pouco mais de trinta anos, independente, mais para bonita que para média, nervosa, irritada, estressada, sensível além do socialmente aceitável, seria diagnosticada pelo doutor Freud como histérica. Caí também eu nessa armadilha, já antevendo a cura rápida pelo tratamento clássico. Mas o quadro de L.M. não se encaixava em recalques inconscientes ou rejeição à própria sexualidade, como nas conclusões do sábio austríaco. Em seus atos sexuais, que praticava com frequência, L.M., ciente de suas qualidades, culpava os homens por sua falta de gozo. E saía das experiências sempre mais nervosa, irritada, estressada, sensível.

A seguir, meu diagnóstico.

L.M. extirpou seus ovários e útero, acometidos por tumores, em uma longa cirurgia ocorrida há quase três anos. Logo na primeira consulta, ela se queixou de ausência de libido desde então, o que o trauma psicológico explicaria. Mas alguns fatos me despertaram a suspeita de algo além dessa simplificação. Marcamos nosso primeiro encontro para consumar o tratamento.

Após a etapa do jantar com diálogo, fundamental para a evolução ao passo seguinte, levei L.M. para o anexo do consultório. Tinha um corpo bem-feito e nenhuma vergonha de receber ou fazer carinhos, e logo imaginei um desenlace fácil. Ilusão de profissional experiente. Assim que coloquei as mãos em seus seios, L.M. gritou de dor. Queixava-se de uma sensação de inchaço que minhas carícias tornavam ainda mais desconfortável. Se eu me colocava sobre ela, ou a colocava sobre mim, reclamava de queimações abdominais insuportáveis. Remarcamos a sessão para dali a alguns dias.

O segundo encontro foi ainda pior. No jantar, L.M. não queria falar, chorou por diversas vezes e não tocou na comida. Quando a deixei na porta do prédio, me convenceu a subir para fazer o tratamento na casa dela, o que é contra os preceitos do meu método. Penso que o consultório confere respeitabilidade ao trabalho, evitando também as confusões de sentimentos tão comuns entre, por exemplo, pacientes e psiquiatras.

Mas, antes mesmo de tirarmos a roupa, L.M. mudou de ideia. Se disse ansiosa e angustiada e logo caiu em um sono profundo, o que me obrigou a chamar um vizinho para abrir o portão e permitir minha saída do edifício.

Estávamos já na quinta sessão e L.M. não parava de apresentar estados de ânimo que me impediam de levar a termo o tratamento. Passava da excitação à depressão em minutos, tinha ataques de fúria por tudo: pelo que eu falava, pelo que eu não falava, pela forma como a olhava, pelo que ela julgava indiferença da minha parte. Bastava eu respirar para L.M. ficar irritada. Só os chocolates pareciam acalmá-la. Me acostumei a levar sachês de açúcar no bolso para controlá-la em alguma crise, como procedem os que estão sujeitos a quedas súbitas de glicose no sangue. O excesso de doces começava a aparecer na forma de quilos a mais, o que em nada contribuía para o equilíbrio da paciente.

Foi então que me dei conta de que o conjunto de sintomas de L.M. era indicativo de TPM aguda, o que, por outro lado, não se aplicava a ela. Mas após conviver com tantas mulheres, eu estava certo de que era esse o diagnóstico.

Levei L.M. ao médico meu amigo, que confirmou a suspeita. Apesar da falta de seus ovários e útero, o corpo de L.M se comportava como se ela estivesse sempre prestes a ovular, uma estranha reação que a literatura médica registra no capítulo dos amputados: quando um nervo é seccionado, continua produzindo descargas direcionadas aos órgãos que não mais existem, criando sensações incômodas onde só há o vazio. O fenômeno foi primeiramente observado na França, em meados dos anos 1500, pelo brilhante auxiliar de barbeiro-cirurgião Ambroise Paré. Tal como eu, um curioso que ganhou fama por suas contribuições na área da anatomia.

Se o organismo de L.M. produzia uma falsa ovulação, a consequência direta era uma falsa TPM. Chamei o curioso quadro de "TPM Fantasma" e passei a tratá-la com placebos, que ela acreditava eficazes contra suas mazelas físicas. Rapidamente os inchaços e as dores diminuíram. Prescrevi uma dieta com pouco sal e pouca gordura, aumentei-lhe o cálcio e diminuí drasticamente os doces, o que, no início, causou alguns danos à minha integridade física. L.M. era sedentária ao extremo, não saía sem carro sequer para comprar o jornal na banca da esquina. Matriculei-a em uma academia e frequentei com minha paciente as aulas de exercícios aeróbicos, três vezes por semana, até a integração do hábito à sua rotina.

Enquanto a parte clínica se desenvolvia, o tratamento de L.M. era consumado uma vez por dia, às vezes mais de uma, com sucesso absoluto. L.M. gozava como se tivesse nascido para isso. Quando quis dar-lhe alta, se sentiu traída e abandonada. Mas, após tamanha dedicação ao seu caso, minha lista contava com várias pacientes aguardando há meses por uma consulta.

Não foi fácil dispensá-la. Confesso que pensei mesmo em viver com ela. Após uma convivência tão radical, eu estava apegado, mas duvido que L.M. aceitasse o meu trabalho sem me criar uma série de constrangimentos. Com ou sem TPM Fantasma, o gênio dela não era dos melhores. Uma boa reputação se constrói, também, com escolhas. E eu escolhi.

Não sou médico. Não sou terapeuta. Não sou místico. Eu sou apenas um prático que entende as mulheres.

MARIDO

Pelo jeito como bateu a porta, está de mau humor. Algum projeto que deu errado no escritório ou a incomodação de sempre com o sócio. Ou o trânsito, ou o calor, ou o frio, ou a chuva, ou a seca, ou o vizinho de baixo, ou o vizinho de cima. Se for fome, é lucro. O jantar não demora a ficar pronto.

Mal e mal me cumprimenta. Brincando de carrinho na sala, o Júnior ganha um afago sem entusiasmo. Sorte que o menino de dois anos ainda não fala. Se dissesse alguma coisa, é certo que provocaria uma discussão.

Como a que começou agora comigo, porque perguntei se podia arrumar a mesa para me ajudar. Ele: "Você tem a coragem de perguntar isso para alguém que passou o dia inteiro sofrendo naquele escritório desgraçado? Para quem chegou exausto depois de trabalhar como um condenado? Para você é fácil. Professora, 40 horas semanais, vida ganha, que inveja dessa moleza". E liga a televisão.

Sirvo o penne com molho caprese. Ele: "Só isso? Não tem carne?" Eu: "É que você adora essa massa. E a gente almoçou pernil, lembra?" Ele: "Não sabia que só se tinha direito a carne uma vez por dia nessa casa". Eu: "Vou esquentar o que sobrou do almoço para você". Ele: "Não, obrigado, comida velha me faz perder a fome". Vai para o quarto.

Depois que já limpei tudo, decide comer os restos do almoço, as sobras do jantar e mais tudo o que encontra na geladeira. Nem vou perguntar se deixou a louça no detergente para não juntar barata. Depois que ele sair da cozinha, lavo tudo outra vez.

Tem molho de tomate até no teto. Vou ter que raspar com uma espátula. Pior que ele emprestou a escada para um amigo, e o amigo não devolveu. Acho que consigo uma emprestada com o zelador. Senão, o jeito é colocar o Houaiss em cima da cadeira. Se ainda assim não alcançar, tento com a Bíblia.

Atirado no sofá, de posse do controle remoto. O tempo médio de permanência em cada canal é de meio segundo. Estou ficando tonta e o Júnior, no meu colo, começa a chorar. Ele: "Mas será que não se pode nem ver TV em paz nessa porra dessa casa?"

No quarto, o filho enfim dorme o sono tranquilo dos que ainda não têm consciência. Sentada na poltrona, ao lado do sofá, faço força para gostar de algum programa. A troca frenética de canais me irrita e deixo escapar um suspiro. Ele: "Mas que azedume, hein? Quando é que termina essa TPM?".

ENGANO

— Por favor, a Vanessa está?
– Aqui não tem nenhuma Vanessa.

A voz de mulher que disse isso era grave e baixa e Eduardo pensou que aquele engano, talvez, não fosse um engano tão grande assim.

– Não é o telefone da Vanessa? De onde fala, por favor?

A voz de mulher disse número por número com evidente má vontade.

– Estranho. Ontem ainda eu liguei e este era o telefone da Vanessa.

– Vou contar a verdade para você. Eu matei a Vanessa e roubei o telefone dela. Mais alguma coisa?

– Só uma. Onde você escondeu o corpo? Eu era muito apegado a ele. Se não for incômodo, gostaria de resgatá-lo.

– Morra.

Depois que o telefone foi desligado, Eduardo ficou por um longo tempo pensando naquela voz. Geralmente os seus pensamentos tinham formas e caras e, quando se tratava de mulheres, bundas. Alguns eram mesmo mais explícitos, com bicos, pelos e orifícios surgindo nos horários mais inconvenientes.

Dessa vez, no entanto, era em uma voz que ele pensava.
À meia-noite, Eduardo ligou novamente.
– Alô.
– Por favor, a Vanessa?
– ...
– Alô? Alô? Vanessa, você está aí?
Uma leve respiração na linha. Para não correr o risco de ela desligar, Eduardo começou um diálogo com o nada.
– Vanessa, é você? Eu preciso da sua ajuda. Olhe, hoje eu liguei por engano para uma amiga sua, uma que tem a voz baixa e pausada. Não sei o nome da garota, queria muito que você me ajudasse a descobrir. Eu só conheço a voz dessa sua amiga e não parei de pensar nela desde que a ouvi. Imagino que, do outro lado do telefone, exista uma deusa, aposto com você que ela deve ter um rosto lindo, coxas maravilhosas, peitos bem pequenos, dos que não caem nem pulando de bungee jump, cintura que cabe nas minhas duas mãos e ainda sobra espaço, uma barriga com cabelinhos loiros em volta do umbigo. Vanessa, você está aí?
– Não é a Vanessa.
– Não é a Vanessa? Quem está na linha, por favor?
– Não é a Vanessa. E se você ligar outra vez, talvez eu me irrite de verdade.
– Não precisa ficar irritada. Você está na TPM, por acaso? Se for isso, eu sou um tipo de cara diferente. Eu entendo as mulheres na TPM. Eu trato TPM com conversa, carinho, atenção. Você está na TPM, Vanessa?
– ...
– Eu sabia que esse seu azedume tinha explicação. Mas, como se diz nessas horas, seus problemas acabaram. Se você

me der seu endereço, eu vou aí agora para cuidar de você. Quer dizer, antes eu passo no supermercado e compro uma caixa de Sonho de Valsa. Já pensou? Você abrindo o bombom, o barulhinho do celofane antecipando a glicose que vai entrar diretamente no seu sangue para acalmar seus hormônios...

– Morra.

Se algum dia ela se despedisse dizendo algo como "um beijo", Eduardo estranharia. E poderia mesmo ficar decepcionado. O jeito com que a mulher dizia *morra* não deixava de ser atraente e, mais que isso, mostrava que ele não lhe era indiferente.

Ninguém deseja a morte para quem não importa.

No outro dia, Eduardo controlou a vontade de ligar até as cinco da tarde. E nem mais um pentelhésimo de segundo.

– Eu não acredito que é você.

– Vanessa?

– ...

– Alô?

– ...

– Alô?

– ...

– Vanessa, fale comigo.

– Escute aqui, você não entendeu ainda? Aqui não tem Vanessa nenhuma. Não me ligue nunca mais. Apague o meu número da sua agenda. E, no caso de você ser um psicopata impotente que ataca suas vítimas pelo celular, pegue a lista telefônica e divirta-se. São milhões de possibilidades. Alguma mulher no mundo vai acabar gostando da sua conversa idiota. Ou algum cara, já pensou? Você descobrindo um novo mundo? Um lutador anabolizado de MMA, essa merda não está na moda? Um policial civil com a tarde livre para um encontro, um caminhoneiro tatuado louco para se fechar com você na bolei...

Dessa vez foi Eduardo quem desligou. E durante o resto do dia, e durante a noite, e por mais que tentasse ocupar o cérebro com o trabalho, o futebol ou as lembranças reconfortantes de um filme pornô, não esquecia da voz raivosa falando tudo o que ele não queria ter ouvido.

Psicopata impotente. Se fosse apenas psicopata, pelo menos.

Pegou no sono de roupa, diante da televisão ligada, com a sensação de febre que faz a pele arrepiar e doer. Não que lhe faltasse o costume de levar um pé na bunda aqui e outro ali. Mas nunca por uma voz. Nunca com tamanha violência.

O telefone podia estar tocando na casa de um vizinho ou no filme na tevê, mas era no chão, ao lado do sofá, que chamava, chamava, chamava. Até que Eduardo acordou.

E atendeu.

– Alô?

– É você, seu frouxo?

– ...

– Eu devia ter notado que você é do tipo que desiste fácil.

– Alô? Quem fala?

– E eu que não fui dormir esperando você ligar.

– Quem é? Quer falar com quem?

Bem que podia ser um pesadelo.

– Babaca.

HORMÔNIO DO DEMÔNIO

Imagine você ser o chefe de uma equipe de revendedoras de cosméticos. Trabalhar só com mulheres oito horas por dia, cinco dias por semana, fora os encontros nos sábados para discutir as vendas.

Este sou eu. Um chefe de família desempregado, injustamente demitido da contabilidade de uma fábrica de peças para automóveis após dezoito anos de serviço. Pessoal mais jovem mordendo, salário alto em relação ao mercado, coisas que acontecem. Queriam me dar um relógio de presente na despedida.

Recusei.

De repente me vi em casa com a mulher, as duas filhas, a sogra e uma legião de vizinhas batendo na porta em busca dos cosméticos que a Rita, minha esposa, revendia. Não que eu pretendesse ficar sossegado na frente da TV, só de calça de pijama, jornal na mão. Mas, mesmo que pretendesse, seria impossível. As vizinhas invadiam a sala sem cerimônia, as mais abusadas pediam mesmo que eu cedesse meu lugar no sofá. Acabei confinado no quarto, procurando nos classificados uma vaga para um sujeito de

55 anos, terceiro grau, domínio de Excel, redação própria, boa apresentação e desenvoltura.

Vaga que não existia.

A ideia de organizar a rede de revendedoras me ocorreu de tanto a minha mulher dizer que, se tivesse vinte funcionárias trabalhando para ela, ganharia uma fortuna com os cremes de beleza produzidos em uma fabriqueta do nosso bairro. Os grandes sucessos da Sonhu's, nome da linha de beleza, eram o creme antioleosidade, o shampoo para cabelos gordurosos e a pomada antiacne. Além desses, vendiam bem o depilatório para buço e o desodorante 48 horas.

Cosméticos para mulheres de verdade até demais.

Quem seriam as nossas funcionárias? As duas filhas, Anelise e Lisiane. A sogra, moradora de graça há quase uma década, estava compulsoriamente recrutada. Primas, uma tia viúva, minha ex-colega de fábrica, a Soraia, demitida junto comigo. Em cinco minutos, eu já tinha 22 vendedoras em potencial sob o meu comando. Chamei minha mulher e comuniquei que, a partir daquele momento, éramos uma empresa. Na manhã seguinte, fui com ela à sede da Sonhu's para negociar preços melhores, já que passaríamos a fazer grandes compras.

Eu estava entusiasmado.

A primeira reunião com as vendedoras deu a mostra de onde eu acabava de entrar. Foi difícil explicar os planos e traçar as metas com o alarido que elas faziam. Nunca fui de falar baixo, mas aquelas 21 pessoas do sexo feminino (Soraia não aceitou trabalhar apenas pela comissão) produziam uma barulheira comparável à de um estádio de futebol, só que em tons mais agudos. A muito custo consegui ser ouvido e delimitar as áreas em que cada uma passaria a vender, de porta em porta, os cremes embelezadores.

– Posso falar?

Minha mulher, que até então não havia ficado quieta, queria a palavra.

– O segredo da Sonhu's é a cumplicidade com a cliente. A vendedora recebe as compradoras em casa, oferece um chazinho, um biscoito, aí sim mostra o catálogo e anota os pedidos. Não é como as Testemunhas de Jeová, que batem na campainha e querem enfiar Deus à força na vida dos outros.

– E o que Jeová tem a ver com isso? Por acaso nós vamos levar o demônio junto nas nossas vendas?

Criou-se a polêmica religiosa entre minha mulher e a tia, frequentadora de uma igreja desde a morte do marido. As duas expuseram, aliás, com brilhantismo, seus argumentos pró e contra Jeová. Minha mulher acabou vencida e, possivelmente, convertida, já que a discussão só se encerrou com a promessa de que ela iria ao culto no próximo domingo.

Acompanhada por mim.

– Agora que a questão divina foi encerrada, quem prefere receber as clientes em casa e quem prefere oferecer a linha Sonhu's a domicílio?

Todas preferiam receber as clientes em casa, o que de certa forma explicava os culotes e as barrigas daquela equipe pouco afeita a uma boa caminhada.

Combinamos que as vendedoras enviariam um relatório diário por e-mail, menos a tia, que não tinha computador e relataria pessoalmente seus progressos. Em uma semana, estouramos as cotas de pedidos. A linha Sonhu's, com seus preços atraentes e a promessa de deixar as mulheres menos oleosas, já tinha superado as vendas da marca Christian Grey em nosso bairro.

Meu Top de Marketing era questão de tempo.

Eu vivia ao telefone com as vendedoras, resolvendo problemas de entrega de produtos e aplacando a ciumeira entre elas. Era comum umas denunciarem as outras por invasão de áreas e aliciamento de clientes que não lhes pertenciam. O fato curioso é que, em determinada época do mês, TODAS me ligavam TODOS os dias, TODAS mais agressivas ou mais magoadas do que habitualmente. Em certas fases, TODAS pediam demissão e eu precisava procurá-las em casa, UMA A UMA, para que reconsiderassem a decisão. Ao tentar um desabafo com minha mulher, fui corrido para o meu quarto.

Saudade das minhas peças para automóveis.

A única que me ouvia com paciência era a tia viúva. E foi dela a sugestão para diminuir os atritos entre as vendedoras.

– Essa mulherada de hoje não tem Jesus no coração. Mas não é culpa delas, foi o demônio que veio se chegando, acabando com os bons sentimentos, instalando a cobiça, a inveja, a fofoca. Todas ouvem funk, Gilberto. Tem prova maior da existência do diabo? O funk lembra o que para você, meu filho?

— Valesca Popozuda?
— O inferno, Gilberto. O inferno.
— Dá no mesmo, tia.

O fato é que a tia me convenceu, e sem grande dificuldade, a organizar um exorcismo coletivo para promover a salvação daquelas mulheres, embora o meu único interesse fosse evitar a perdição da minha pequena empresa.

No domingo marcado, atraí a equipe inteira para o galpão onde se realizavam os cultos com a justificativa de uma convenção de vendas que sortearia duas passagens para Porto de Galinhas ("o destino perfeito para elas", concordou a tia). As mulheres chegaram maquiadas e sonolentas, decotadas e famintas e sentaram nas cadeiras de plástico sem entender que diabo de convenção mais pobre era aquela que não tinha café nem PowerPoint. Sequer para a minha mulher eu havia contado o real objetivo do encontro. Quando estavam todas acomodadas, a tia e eu subimos ao púlpito.

E começou a sessão.

— Garotas, antes do nosso início, o pastor vai dar uma bênção para equilibrar as energias. Pastor Carlinhos, por favor.

A tia não me avisou que o pastor Carlinhos trabalhava vestido de Klu Klux Klan, de máscara e com um hábito branco bordado com símbolos sacros. As meninas se mexeram nas cadeiras. O pastor e seus três asseclas, segurando tochas, começaram a murmurar palavras, em que língua, nem desconfio. Mayara, uma gordinha com pinta de líder, levantou.

— Que palhaçada é essa?

Mas então o pastor Carlinhos já estava gritando com o demônio que supostamente a possuía, e a gordinha se agitou tanto que o fogo de uma das tochas acendeu o que, visto de longe, parecia uma auréola em volta da cabeça dela. O cheiro de cabelo pintado de loiro e queimado se espalhou pelo galpão.

O exorcismo terminou com a água benta apagando o fogo que ameaçava sacrificar minha funcionária, não sem causar à sua cabeleira um dano que os shampoos Sonhu's, provavelmente, não reverteriam. Procurei apoio na tia, mas a velha havia ido embora. Também o pastor Carlinhos desapareceu sem que eu lhe visse o rosto, com o que seria mais complicado matá-lo a pau em uma próxima oportunidade. Mas a pior das reações foi a da minha mulher. Rita não brigou, não me encheu de desaforos, não me olhou com o tradicional desprezo com que, após uma grande cagada, as esposas fitam seus maridos. Ela apenas repetia, abraçada às nossas filhas:

– E eu que confiava tanto no pai de vocês.

Tudo isso aconteceu há dois anos. A empresa continuou crescendo, apesar do processo trabalhista que Mayara moveu. Perdemos e o prejuízo foi integralmente descontado do meu pró-labore.

Achei justo.

Nunca mais deixei a tia viúva entrar na nossa casa. Às vezes, nos sábados em que reúno as funcionárias para testar um novo produto ou comemorar um bom resultado, eu a vejo na calçada, olhando para nós com a expressão de um cachorro sozinho na chuva. Então abano para ela e fecho a cortina.

Demônio 1 x 0 Jeová.

O destempero das vendedoras continua grande e não há o que eu possa fazer quanto a isso. Carinho, conversa, compreensão, existe uma semana do mês em que nada funciona com a minha equipe. Nessa semana, agora eu entendi, o homem deve se manter invisível. A natureza tem os vulcões, os furacões, os tsunamis, os terremotos, mas não existe força mais destrutiva que a dos hormônios.

TRISTE QUE DÓI

Engraçado que você parecia ter tanto para contar e, três dias depois, o assunto já acabou. Talvez não seja engraçado. Não deu nem tempo de descobrir a sua idade. Entre 40 e 50, acho eu. Por mim, OK. Já saí com um velho de 64 que conheci no avião. E transei com ele, eu nem tinha feito 19 ainda. Só conto isso para você saber que a sua idade não seria problema. Gente moça não fica com frescuras quando gosta de alguém. Eu não fico, pelo menos.

Você me disse que já viajou muito, que morou no kibutz, que viveu clandestino em Cuba, que percorreu a América do Sul pedindo carona, tudo isso em duas palavras para cada destino. Parecia que eu estava lendo um prospecto de agência de viagens. Tailândia maravilhosa, Terra do Fogo inesquecível, Caribe surpreendente.

Sobre os seus dois anos na Islândia, disse apenas: "É mais frio do que eu pensava". Porra, mais frio do que você pensava? E a Björk? As bandas nas garagens? O vulcão Eyjafjallajökull? Aquelas águas quentes no meio do gelo?

A não ser que seja mentira sua e você nunca tenha pisado na Islândia. Não sei. Um mentiroso daria mais detalhes.

Quando você falou que foi motorista do Bob Dylan por CINCO DIAS na primeira vez em que ele esteve no Brasil, só aí eu imaginei dois meses garantidos de papo. Nem sou tão fã assim, mas ia gostar de saber das loucuras do homem. Você só se dignou a informar que passava horas na garagem do hotel esperando pelo cara. Em dois minutos, assunto encerrado.

Você foi hare krishna. Cacete, você morou em um templo. Não comeu carne por sete anos. Para mim, isso é ainda mais impressionante do que ser motora do Bob Dylan; eu, que não passo sem bife. A sensação mais forte que o meu corpo experimenta é o churrasco. Depois vem o espirro e depois, bem depois, o orgasmo. Mas você resumiu a sua fase de monge em quatro minutos. Nem a parte de vender incenso no calçadão você desenvolveu. E ainda era a nossa primeira noite.

Daí teve a sua banda punk, logo após você abandonar Krishna. Da Índia para a periferia de Londres sem sair de Porto Alegre. Talvez eu tenha superestimado a sua vida e seja possível, sim, ouvi-la em três dias. Ainda mais que a banda não fez sucesso. Mas você chegou a ganhar um concurso para cantar no programa da Xuxa, viu a Marlene Mattos de perto na época em que ela mandava prender e mandava soltar. Podia inventar qualquer coisa, que transou com a Xuxa, com a Marlene, com a Xuxa e a Marlene. Eu acreditaria.

Sobre a sua experiência com drogas, você se fechou. Compreendi bem, tenho um primo viciado que desgraçou a família. Quem sobrevive a esse inferno ou dá palestras em cultos evangélicos, ou prefere não abrir a boca. Em todo o caso, se um dia você quiser desabafar, estarei aqui, mesmo que a gente esteja terminando agora. Aí você virou ator de teatro e hoje aparece em algumas propagandas. Trabalhou em dois comerciais de cerveja de veiculação nacional. Em época de eleições, é o apresentador do programa de um candidato de centro-direita que nunca se elege para nada, mas você ganha uma boa grana mesmo assim. Com todos esses tópicos enfileirados, completamos uma sexta, um sábado e um domingo juntos. Agora, o silêncio.

Eu vou contar o que de mim? Tenho 22 anos, muitos namoradinhos e um velho de 64 anos no currículo, quase formada em psicologia, estagiando na Pinel. Tem os casos dos internos da clínica, mas esses são segredo profissional. De qualquer jeito, você não se interessa pelas minhas histórias. Enquanto eu falo, fica mexendo no celular, vendo quantos curtiram o seu post no facebook. Você adora postar no facebook. O que economiza na língua, gasta nos dedos. Quem sabe se a gente conversasse em libras?

    Na primeira vez, a gente transou antes de conversar e você me disse que, no início, era assim mesmo, depois é que as coisas se invertiam. Mas hoje a gente transou e não conversou. Como você não tem televisão no quarto, ficamos aqui, eu não queria dormir porque eram cinco da tarde de domingo e ninguém dorme às cinco da tarde de domingo se não tiver noventa anos. Bom, meu pai, aos cinquenta, dorme.

Não, eu não estou na TPM. Também não tem a ver com a necessidade das mulheres de discutir a relação, como você diz. Nem discutir eu quero. Por mim, dava logo um soco na sua cara para acabar logo com isso.

O problema é de neurônio, não de hormônio.

E aí? Não vai falar nada?

ESPOSA

— Querido, você não limpou o banheiro?
— Não deu tempo. Hoje era dia de lavar os lençóis e aproveitei o sol para dar uma quarada nos edredons. Incrível como eles ficam amarelados com o uso.
— Olha, o sol já se pôs há duas horas, pelas minhas contas. A não ser que você esteja operando em outro fuso horário.
— O sol se pôs? Estava tão ocupado que nem vi. Você não imagina a pilha de roupa que eu passei hoje.
— Já vai começar a reclamar. Eu compro tudo com fio sintético para não dar trabalho. Tudo nylon, banlon, tergal. O que sobra para passar, se você não ficar grudado no Vale a Pena Ver de Novo, dá para terminar em meia horinha.
— É que eu sou xarope. Vi um furinho na sua camisola e parei tudo para remendar. A mãe me ensinou a dar um ponto que não abre nunca, só que demora. Ainda mais com a unha comprida.
— Essa aí não cola. Você dizia que pintava a unha para não lavar a louça e agora está provado que não atrapalha em nada. Parece que foi na manicure hoje.

— Fui mesmo. Com esse trabalho todo para fazer, agora estou indo na Marlene duas vezes por semana.

— Já vi que eu vou ter que trabalhar duas vezes mais para sustentar os seus luxos.

— Pelo jeito, alguém se incomodou no escritório...

— Incomodar? Aquilo lá é o próprio inferno. Não tem como você imaginar o que eu passo protegidinho aqui, dentro de casa. Só na lavadora, secadora, cafeteira, sorveteira, enceradeira, iogurteira. Sem falar no forninho do George Foreman, que ficou me enchendo para comprar e nem tirou da caixa ainda.

— Já disse que vou inaugurar no jantar do nosso aniversário de casamento. Aliás, eu já estou pensando no seu presente.

— Sem presente. Me faz um bolo bem bonito em formato de coração, que eu trago uma azaleia do supermercado. E era isso. Estou economizando para levar você para um lugar especial nas nossas férias. Quer dizer, minhas férias. Você vive de férias. Só nós dois, sem as crianças. Vou levar você pra Curasal.

— Meu amor, eu não acredito. Você vai me levar para o Caribe?

— Nã, nã, nã, eu falei Curasal, no litoral gaúcho, entre as praias de Curumim e Arroio do Sal. Tem uma casinha ótima para alugar e parece que o pessoal do Jornal do Almoço passa o verão todo lá. Papa-fina.

— Sábia mamãe...

— O que a sua mãe tem a ver com isso?

– Ela dizia que a rotina da casa acaba com o romantismo do casal.

– Eu que o diga. Há quantas noites você vira para o lado e dorme? Nem aquela cuequinha vermelha que você usava eu vi mais. Para mim, até outra você arrumou.

– Se eu nem saio...

– Mas fica de olho nas empregadas, que eu sei. E a internet? O que mais existe é dono de casa peruando na internet.

– Meu amor, sabe do que você precisa? De um bom banho. Deixa que eu vou preparar a banheira, encher de sais. Daí você veste o chambre com cheirinho de lavanda da montanha e depois... fondue.

– Ai, eu não acredito que hoje vai ter.

– Vai. De queijo.

– Esquece. Ainda tem paracetamol em casa ou você já tomou tudo?

– Tomei, mas deixa que eu ligo para a farmácia. Descobri uma nova que chega voando e não cobra taxa de entrega.

– Quando chegar, leva lá no quarto, que a minha cabeça está estourando.

– E o fondue?

– Talvez amanhã.

– Amanhã não posso, tem reunião do Clube de Mães.

– Saudade de quando você era profissional, sindicalizado, politizado, assoberbado.

– Isso porque você ainda não viu o doce de abóbora que eu fiz.

– Amanhã eu provo. Estou sem fome.
– Pode deixar que eu ligo a TV bem baixinho quando deitar.
– Mas tem futebol na terça?
– Hoje tem *Desperate Housewives*, esqueceu? Eu me identifico um monte com a Susan, parece que escreveram essa série para mim. Meu amor, você está chorando?
– Deve ser TPM. Até amanhã.
– Boa noite. Eu te amo.
– Eu também.

HORMÔNIO DO DEMÔNIO II

A ideia veio depois que tentei, em vão, cancelar a assinatura do meu celular. A primeira mulher que me atendeu, depois de uma longa espera, desapareceu no meio da ligação, não sem antes me fazer dezenas de perguntas irritantes "para a minha própria segurança". A segunda disse "alô, com quem eu falo?" de má vontade, quando eu já enlouquecia com uma música tocando em looping. Após vários minutos, pediu para eu esperar na linha. E sumiu. A terceira gastou meia hora em confirmações que me exigiram boa memória e então informou que não poderia concluir o processo: o sistema estava inoperante.

Qual era o problema delas?

Eu havia fracassado como gerente de marketing da rede de revendedoras Sonhu's, como relatei na página 109, mas continuava à procura de um caminho para consagrar o meu até então desacreditado talento para os negócios. As tentativas de diálogo com as atendentes de telemarketing me lembraram da convivência desastrosa com minhas destemperadas funcionárias. E foi então que eu juntei as coisas.

Com grande visão empresarial, as operadoras de telefonia e de TV a cabo aproveitam o potencial das mulheres com TPM aguda e as empregam nos seus serviços de telemarketing. Só pode ser isso. Que outra explicação para o empenho das atendentes em piorar tudo para todos? Ao perceber essa obviedade, decidi usar os dias de fúria das mulheres ao meu redor de forma lucrativa.

Eu seria dono de um call center.

O primeiro passo foi procurar uma consultoria para pequenas empresas e descobrir que:

- serviços terceirizados estão em alta no mercado;
- as empresas de hoje são praticamente obrigadas a contratar centrais de atendimento para se relacionar com os consumidores;
- montar um call center requeria investimentos de R$ 500,00 a R$ 2.500,00 por estação de trabalho;
- o risco considerado era de médio a alto, a não ser que eu tivesse um cliente já acertado.

E eu tinha: a própria Sonhu's, que não parava de crescer com as vendas organizadas pela minha esposa. Embora convencê-la a me ajudar parecesse ainda mais difícil que ganhar o Top de Marketing.

Comecei imediatamente a formar uma equipe. Liguei para várias mulheres das minhas relações, e todas me trataram mal, como eu esperava que fizessem com os clientes assim que eu as contratasse. Insisti nas ligações. Deu trabalho, mas a maioria ficou seduzida pela minha proposta de dinheiro fácil. Mais: dinheiro fácil e com a bunda sentada o dia inteiro em uma cadeira macia, ambição maior das sedentárias.

Eu conhecia o meu eleitorado.

Convidei Soraia, a ex-colega demitida junto comigo da fábrica de autopeças, para ser minha sócia. Ela aceitou. Com quase sessenta anos, Soraia havia superado a TPM há muito, mas ainda se mostrava irritada o bastante para liderar um call center. Certas mulheres possuem essa têmpera independente dos seus hormônios. Minha mãe era assim.

Os computadores foram instalados na sala de casa, apenas três, sob a desconfiança de Rita, minha empreendedora esposa. Com salário fixo mais comissões progressivas, Soraia Almeida, Nilda Lago e Rê Requião (nesse negócio, é importante que os nomes sejam quase artísticos, valendo para isso rebatizar as funcionárias: Roseleide se transforma em Rose, Juraci em Ju etc.) passaram a ser o elo entre a Sonhu's e as consumidoras que ligavam sem parar, tanto para reclamar que o buço não cedia com o creme depilatório quanto para pedir instruções e se candidatar a brindes. Para elas, minhas funcionárias reservavam uma longa espera, palavras ríspidas e solução alguma.

O padrão que funciona nos serviços de atendimento ao consumidor.

Ainda é cedo para falar. Eu sei que, no Brasil, a maioria das novas empresas fecha as portas no primeiro ano. De qualquer forma, estamos crescendo. Além de não resolver os assuntos das consumidoras da Sonhu's, minhas garotas agora desancam os clientes da Samba Lelê Modas, rede popular de lojas no interior do estado, e os da Distribuidora de

Gás Orlando. Minha ambição é entrar no ramo da telefonia e, para isso, conto com as estatísticas: o número de celulares aumenta a cada ano no Brasil e o número de call centers contratados para piorar a insatisfação dos clientes também. O doutor Roger, que me demitiu da fábrica de autopeças, prometeu me apresentar a um colega do Lyons Club, um que é diretor da Claro na Região Sul.

Veremos se ao menos isso o safado faz por mim.

Hoje me divirto criando situações para as meninas praticarem. Serve como treinamento para elas e como estímulo para o meu trabalho: quem sabe não viro consultor de call centers? Só sei que venci a resistência de quem não acreditava em mim. Encontrei o meu caminho. Talento é assim, pode até demorar, mas acaba se manifestando. Obviamente, reconheço que não conseguiria nada sozinho. No dia em que, enfim, ganhar o meu Top de Marketing, será um prazer anunciar, no discurso da vitória: "Nada disso seria possível sem os hormônios da minha equipe".

A seguir, alguns rápidos exemplos desenvolvidos por mim para mostrar o que centenas de centrais de atendimento ao consumidor espalhados pelo país são capazes de fazer.

1

"Boa tarde, Soraia Almeida na linha, falo com quem? (...) Pois não, senhora Maria, em que posso ajudá-la? (...) A senhora vai estar mudando de país e precisa cancelar a sua assinatura, correto? (...) Senhora Maria, antes do atendimento eu preciso confirmar alguns dados, certo, senhora Maria? (...) Nome completo? (...) RG? (...) CPF? (...) Data de nascimento? (...) Nome do meio da sua mãe? (...) A sua mãe só tem dois nomes, senhora Maria? Nesse caso, nós não podemos prosseguir no seu atendimento, senhora Maria. (...) Eu entendo, senhora Maria, mas essa exigência é para a sua própria segurança. (...) Claro que sim, senhora Maria, ocorre que essa é a regra da nossa empresa no mundo todo. (..) Realmente, senhora Maria, sem o segundo nome da sua mãe fica difícil abrir o seu processo. (...) Bem, a senhora poderia estar entrando em contato com o nosso SAC, senhora Maria, e formalizando o seu pedido. Se os analistas aprovarem a sua consideração, a senhora poderá estar cancelando a sua assinatura no prazo de 60 dias úteis. (...) A senhora já vai ter mudado de país, senhora Maria? Nesse caso, a senhora poderá estar deixando uma pessoa autorizada a efetuar o cancelamento para a senhora, mediante procuração reconhecida em cartório e enviada para nossa sede de Frankfurt. (...) Posso ajudá-la em mais alguma coisa, senhora Maria? (...) A PQP agradece a sua ligação e lhe deseja uma boa tarde, senhora Maria."

2

(Depois de deixar o cliente pendurado no telefone por 10 minutos, ouvindo "Pour Elise" executada por xilofones.) "Desculpe fazê-lo aguardar, falo com quem? (...) Bom dia, senhor Jorge, em que posso ajudá-lo? (...) Entendo. O produto que o senhor comprou não funciona. Mas o senhor já tirou o produto da caixa, senhor Jorge? (...) Nesse caso, senhor Jorge, não vai ser possível estar efetuando a troca. O senhor só poderia estar trocando o produto se a caixa ainda estivesse lacrada. (...) Como o senhor poderia saber que o produto não funcionava sem tirar da caixa? Bem, senhor Jorge, para obter essa informação o senhor deve estar escrevendo para a nossa sede no Tennessee, Estados Unidos, em inglês fluente, para fazer essa pergunta diretamente a eles. (...) Fica a seu critério denunciar a empresa ao Procon, senhor Jorge. (...) Transferir o senhor para o SAC? Pois não, senhor Jorge, peço-lhe a gentileza de aguardar na linha. A FDP agradece a sua ligação e lhe deseja um bom dia, senhor Jorge." (Pendurar o cliente por mais meia hora na linha, escutando "Pour Elise" executada por um conjunto típico peruano, antes de derrubar a ligação.)

3

(Depois de deixar o cliente mofando na linha por 15 minutos, escutando comerciais de rádio em que a empresa fala bem dela mesma.) "Sheila Alcântara ao telefone, com quem eu falo? (...) Pois não, senhor Vítor, em que posso ajudá-lo? (...) Entendo. Resgate de pontos não é nessa opção, senhor Vítor. O senhor deveria ter escolhido a opção estrela-jogo da velha-ponto-dois-exclamação. (...) O menu não tinha essa opção, senhor Vítor? (...) Entendo. Então o senhor continue na linha que eu vou transferir a sua ligação, correto? Posso ajudá-lo em mais alguma coisa? (...) A 171 agradece o seu contato. Aguarde enquanto eu faço a transferência." (Tu-tu-tu-tu-tu.)

4

(Mulher fingindo de conta que é uma gravação.) "Boa tarde. Tecle o número do seu cartão. (...) Número incorreto.

Tecle pausadamente o número do seu cartão. (...) Seu saldo para pagamento em 5 de fevereiro é de 300 reais. Para obter detalhes da sua fatura, tecle 2. Para valores das próximas faturas, tecle 3. Para cancelar o seu cartão, tecle 4. Para saber a previsão do tempo, tecle 5. Para ouvir uma receita sustentável com aproveitamento de cascas de banana e restos de pão, tecle 6. Para uma piada de português, tecle 7. Para uma piada de papagaio, tecle 8. Para falar com um dos nossos atendentes, tecle 9. (...) 9. Aguarde. Para a sua segurança, esta ligação poderá ser gravada. Boa tarde. Tecle o número do seu cartão. (...) Número incorreto. Tecle pausadamente o número do seu cartão. (...) Seu saldo para pagamento em 5 de fevereiro é de 300 reais. Para obter detalhes da sua fatura, tecle 2. Para valores das próximas faturas, tecle 3. Para cancelar o seu cartão, tecle 4. Para saber a previsão do tempo, tecle 5. Para ouvir uma receita sustentável com aproveitamento de cascas de banana e restos de pão, tecle 6. Para uma piada de português, tecle 7. Para uma piada de papagaio, tecle 8. Para falar com um dos nossos atendentes, tecle 9. (...) 9. Aguarde. Para a sua segurança, esta ligação poderá ser gravada. Boa tarde. Tecle o número do seu cartão (e etc.etc.etc.etc.etc.)."

Se você também quer vencer na vida, mande o seu currículo.

SEM AMOR EM
TEMPOS DE CÓLERA

Tem as ameaças de guerra, tem as catástrofes naturais, tem a violência nas cidades, tem os problemas da saúde, tem o desemprego que só cresce, tem roubalheira que não acaba mais, tem desgraça para todos os lados. Mas na minha família, entre os meus amigos, no meu trabalho, nas conversas da vizinhança, nada desperta tanto a preocupação e a piedade das pessoas quanto eu.

Sou solteira.

Que problema há nisso quando se sabe que milhões de solteiras e solteiros, bilhões, talvez, vivem felizes pelo mundo?

Solteiros saem com outros solteiros, fazem viagens para solteiros, moram em apartamentos de solteiros, compram leite e feijão em embalagens desenvolvidas para solteiros. Solteiros ocupam alegremente o seu lugar na sociedade. Casados dariam um dedo para ser solteiros. Um braço, em alguns casos.

Não é a minha opinião.

Solteira, eu sou sempre aquela que desequilibra os eventos e as programações. Já reparou na solidão de uma mulher desacompanhada em festa de casamento? Começa quando a caprichosa senhora que endereça os convites é obrigada a escrever no envelope, em meio aos nomes de casais, a denominação solitária: Marilu. E lá vou eu para o sacrifício, roupa alugada em uma loja fina, sabendo que não recuperarei o investimento.

Encaixada em uma mesa, dependo da boa vontade alheia para não passar a noite toda de boca fechada, rindo sem vontade dos assuntos. Em uma festa, não há momento que desperte mais o pânico de uma solteira do que a entrada do DJ no salão. Equivale a uma sentença. Enquanto os pares dançarem "New York, New York" em voltas e travoltas pela pista, ela permanecerá sentada à mesa já revirada, com a toalha manchada de espumante e os docinhos de amendoim sobrando no prato.

E quando a ideia é um jantar de casais no sábado? Como não convidar a amiga da vida inteira, aquela que ainda não se recuperou do rompimento com o último namorado sete anos depois? Sou chamada e, mesmo sabendo que não deveria, vou. Já antevendo que, pelas tantas, alguém fará a pergunta sem imaginação: "E os amores"?

São várias as respostas possíveis.

"Estou sem tempo, preciso fazer o concurso da OAB."

"Minha última relação foi muita intensa, resolvi me namorar um pouco."

"Existe um rapaz, mas ainda estamos nos conhecendo."

"Vá se foder."

No final da noite, sozinha em casa, choro na cama. Não por solidão, mas de ódio. Minha mãe diz que deve ser efeito da TPM, mas só se eu for um caso perdido de TPM nos 365 dias do ano, porque sempre choro de raiva quando volto de um jantar com Bita & Bito, Lu & Lico, Gi & Ju.

E Marilu.

Com tudo isso, não posso reclamar. Alguém geralmente conhece um solteiro para me apresentar. Nunca tem nada a ver comigo, mas expia a culpa dos amigos que me aturam sempre solitária enquanto eles se apaixonam e se apaixonam e se apaixonam pela vida. Não falta no escritório um míope que ninguém quis ou um gordo que arrota com cheiro de sardinha. Às vezes funciona para uma noite. Para uma vida, aí a coisa é diferente.

É isso que me dá raiva.

IMPRESSÃO:

Pallotti
GRÁFICA EDITORA

Santa Maria - RS - Fone/Fax: (55) 3220.4500
www.pallotti.com.br